I0657833

PRIX 60 centimes

JACQUES BALLIEU

SAÏDA

LES AMOURS FATALES

PARIS
ERNEST FLAMMARION, ÉDITEUR
26, rue Racine, 26.

8°

SAÏDA

DU MÊME AUTEUR

ÉMILE COLIN — IMPRIMERIE DE LAGNY

A. JACQUES BALLIEU

LES AMOURS FATALES

SAÏDA

PARIS

ERNEST FLAMMARION, ÉDITEUR

26, RUE RACINE, PRÈS L'ODÉON

SAÏDA

I

Un soleil écrasant tombe de toutes parts
d'un ciel bleu, opaque, sans tare, enveloppant l'étendue dans les ruissellements
aveuglants de ses rayons qui, frappant une
aspérité de rencontre, ou se mirant aux
facettes d'accident d'une rocaille, font jaillir
par instant des crépitements d'étincelles
qu'on dirait grésiller ou font miroiter des

fusées d'or fauve qu'on s'imagine entendre
éclater, et Saïda, la ville ou plutôt la bourgade qui confine au Sahara, est là, toute petite, toute ramassée, se baignant, heureuse
de lassitude, en ce bain bouillant d'un métal en fusion, dans le cadre jaunâtre, vio-
lacé, rosâtre, bleuté, de teintes étranges,
mouvantes à toute minute pour se dégra-
der lentement jusqu'à la disparition, suivie
d'une rénovation immédiate, qui est les
monticules l'encerclant jalousement, s'en-
tre-croisant, se dépassant, se laissant dé-
passer, dans une apparence de course folle
qui semble une hâte d'étreindre.

Il est plein midi, et sous cette calotte de
feu, sans une vibration d'air, les lignes des
choses se fixent, se précisent en quelque
façon en arêtes vives, brutales, sèches, sans
l'exquis incertain des ombres portées. L'atmosphère étouffante où ne pépie pas un

chant d'oiseau, que ne traverse aucune vibrance d'ailes, paraît désertée de la vie, et
pourtant, lointainement, on perçoit comme
des sifflements hargneux et rageurs entrecoupés de violences gutturales qui échar-
pent, qui arrachent, donnant la sensation
de l'écorchement.

En effet, de tous côtés, par les routes de
Geryville, jaillissant rapidement sa longue
côte de raidillon bien nommée le Crève-
cœur pour s'épandre ensuite en un plateau
vague où elle se perd dans les masses de
terre argileuse menant à Aïn-el-Hadjar; de
Tiaret aux méandres capricieux illusion-
nant au début par ses bouquets d'arbres et
le passage du rivulet qui l'humecte un instant bientôt passé avant de retrouver la
sécheresse; de Dahïa moins élevée, mais
toute semée d'un cailloutis mauvais, haché
menu, pointu et dissimulé à fleur de terre,

d'une caillasse, de Nazareg, longue, large,
plate et blanche, donnant l'impression en
elle-même, dégagée de ce qui l'enclave,
d'une belle route nationale normande ; de
toutes ces routes dévalent des théories curieuses, sordides toujours, d'hommes et de
femmes vêtus d'oripeaux de lainon jadis
blancs, enroulés autour des reins, du buste
et des jambes, au hasard des torsades, sans
goût, sans recherche, comme cela est venu.
Quelques hommes sont montés sur des baudets bas sur pattes, laissant pendre à cali-
fourchon leurs longues jambes maigres,
sans étriers, affleurant presque le sol ;
d'autres sont emboîtés au haut de chevaux
tout en nerfs dans des selles à double dossier, les étriers très relevés, et tous poussent devant eux soit des bandes de moutons, soit trois ou quatre baudets, parfois,
plus rarement, une petite troupe de cha-

meaux, tous ces animaux harcelés par des coureurs qui, sans cesse en mouvement, les excitent d'injures, tandis que les femmes, enveloppées entièrement, sans dessin appréciable de leur être, quelques-unes leurs enfants au dos, suivent, toujours à pied, mesurant leur allure sur l'allure de la monture du maître ; et les quelques propriétaires de bétail sont suivis d'une nuée de misérables dissimulant des paquets à formes bizarres où s'empaquètent toutes sortes d'objets de trafic.

Mais déjà le soleil est moins brutal, et ses fulgurances sont comme estompées d'imperceptibles grisailles, et, dans l'étendue, les sifflements criailleurs se précipitent, jiclant en l'éther, le fouaillant, le perforant, le zigzaguant sans arrêt, et les sons gutturaux frappent comme des hoquets nombreux sur le ciel en accalmie.

Les chemineaux des quatre routes amenant à la bourgade ont atteint aux petits
ponts en commandant l'entrée, et l'homme
du fisc est là, ses petits tickets de papiers
multicolores à la main, comptant les têtes,
estimant les denrées et exigeant le péage ;
et ce sont des chicanes sans fin, des dis-
putes, des essais de tricheries suivis d'un
marchandage inouï se terminant toujours
par une colère farouche, une révolte, au
moment précis où les piécettes doivent
sortir des grandes poches de cuir à plusieurs compartiments, dissimulées sous les
vêtements, placées sur le ventre, en pleine
peau.

Alors, vitement, galopant et faisant ga-
loper ses bêtes, on gagne la place du
marché, place de manœuvres des troupes,
grande étendue carrée où vient s'amorcer
la route de Nazareg et glissant en pente

douce au delà de l'ancien camp retranché
avec un terrain tout inégal, semé de ri-
goles, d'excavations, de bosses et de trous
jetés au bon plaisir des pluies. Au passage,
des cris, des appels moqueurs, des plaisanteries, des injures, sortis des bouches en-
nemies des Européens, race hybride mêlée,
mélangée, croisée de Levantins, d'Espa-
gnols, d'Italiens, de Nervis, d'Allemands
même, ont jailli au dos de l'Arabe acharné
à sa préoccupation ; mais pas un mouvement de tête, pas un geste des yeux, aucune trace d'émotion n'a paru sur son visage et il a poursuivi sa besogne et sa route
sans mot dire, intact, toujours lui-même,
insoucieux ou inatteint, ne se laissant pas
toucher en tous cas par cette population de
conquête.

Rapidement on s'organise. Baudets et
chevaux ont les deux pattes de devant en-

travées d'une lanière tressée de paille
fraîche ; les chameaux, une patte de devant
nouée d'une corde au sabot, sont forcés à
s'agenouiller en tirant sur cette corde,
qu'eux une fois abattus, l'on fixe en arrière à un pieu, et les moutons, après avoir
placé au milieu la tête du troupeau, sont
enroulés en quelque sorte dans une volute,
dans une ronde, toutes les têtes tournées
vers le centre, le train de derrière extérieur, et une même corde s'enlaçant à tous
les cous les maintient rivés les uns aux autres. De ci de là s'installent des marchands
de pâtes de toutes sortes, pâtes de figues
tout spécialement, à côté desquels se tien-
nent des vendeurs de gâteaux secs ou des
fabricants immédiats d'une façon de chou
soufflé dans la poêle, très lourd, qu'il faut
avaler tout chaud, et plus loin, sous des
tentes de toile tombant des deux côtés d'un

trapèze de bois sec et fichées au terrain, des
coiffeurs, des tailleurs de cheveux qui, en
outre, fixent, à la nuque de ceux qui se plai-
gnent de lourdeurs de tête, des appareils
de succion en cuivre poli qu'ils adaptent à
l'aide de pinces autour de l'entaille préala-
blement faite pour permettre l'écoulement
du sang; et le patient, tandis qu'on lui
coupe la chevelure de ciseaux démesurés,
demeure comme joyeusement hébété sous
la douleur à laquelle il attache une foi
semi-religieuse pour se garder en bonne
santé.

Tout à coup, du terre-plein qui domine
la place du marché dont il est séparé par
une rue où vient mourir la route de Geryville, éclatent des refrains d'opéras d'Eu-
rope, des airs de valses, un pas redoublé,
ou bien une mosaïque ou un pot-pourri.
C'est la musique militaire qui jette ses

notes mélancoliques ou joyeuses, et le
terre-plein s'encombre de femmes et de
messieurs à peau blanche provincialement
endimanchés de falbalas ou de vestons aux
couleurs voyantes que coudoient des militaires se cambrant prétentieusement, écar-
tés par instant, comme instinctivement, au
passage d'un arbi qui se glisse en silhouette fuyante sous l'éveil de la curiosité, et le petit soldat, nombreux, sta-
tionne, hébété, les jambes de ci de là, les
mains nouées au dos, presque inerte, ne
parlant que pour faire parade de savoir et
disserter sur l'origine des morceaux en-
tendus, ou encore pour interroger le cama-
rade voisin et spéculer sur la possibilité de
s'offrir l'absinthe avant l'heure de la ga-
melle, la musique terminée.

Et, sur la place du marché, grouillent
confusément les Arabes vêtus d'oripeaux

vieillis, les uns, ceux en deuil, portant fièrement le long manteau blanc tout pous-
siéreux dentelé de déchiquetures noirâtres
qu'ils baisent à courts intervalles, avec
ferveur, témoignant de leur cœur endo-
lori.

Et des cris d'appels à la vente retentissent toujours issant du gosier, rocailleux
ou cinglants, en poussée aiguë, entrelardés
de quelques vocables français articulés
avec effort. Et quelques petits soldats sont
là, parcourant les yeux épatés ces remous
spéciaux, s'extasiant d'étonnement ou rica-
nant du mépris bien porté, tandis que d'autres besogneux, en quête de quelques sous
à boire, trafiquent d'une montre, d'une
chaîne ou d'une bague ou de quelques
menus objets rutilants de cuivre ou de
métal quelconque, souvenirs longuement
gardés de la famille ou d'une connaissance

que le besoin d'absorber trop insatiable ne permet pas de garder.

Bientôt un grand mouvement se fait sur la place du Marché. Des Arabes rapidement s'affalent à terre, en cercle, les jambes repliées ; trois individus sortent de dessous leurs manteaux de longs flageolets d'un fort bambou, percés de trois trous, et deux autres, à leurs flancs, accotent sur leurs genoux de grands vases poreux ficelés, à une embouchure, de peaux tannées, et la mélopée lancinante commence, invariée, exaspérante, mais prenante, ne quittant pas les trois notes possibles du flageolet, tandis que les autres frappent alternativement sur leurs tambourins de la paume et des doigts, s'interrompant à intervalles très espacés pour jeter, la figure calme, mais le verbe haut, comme irrité, quelques paroles rudes qui semblent des imprécations.

Un homme, Sidi-Khaled, suivi d'une jeune fille, Saïda, sa sœur, et d'un garçonnet de six ou sept ans, pénètre cependant au centre du cercle et y dépose, avec une gravité voulue, deux tubes poreux pareils à ceux des tambourins, fermés de peaux aux deux bouts, et les musiciens, comme pris de rage, redoublent de vivacité et de bruit, tandis qu'ils crient comme des litanies infinies reprises en chœur par la foule assistante et où revient fréquemment, en refrain, le mot Sidi Abd-el-Kader, prononcé avec un respect non contenu.

Sidi-Khaled se tient debout. C'est un grand garçon un peu gros, portant trente ans à peine, la face pleine, libidineuse, éclairée de deux yeux inviteurs se posant avec une complaisance sordide sur sa sœur Saïda, qu'ils dévêtent presque d'abord avant de se reporter quêteurs sur l'assistance,

2

plutôt du côté des Européens survenus. Il
est revêtu d'une sorte de longue chemi-
sette de lin nouée à la taille, sous laquelle
apparaît une braie, également de lin, for-
mant caleçon aux jambes.

Sans trop tarder, il se met en branle, se
dodelinant, les jambes écartées, monoto-
nement de l'un à l'autre en un piaffement
lent, la tête penchée à terre, regardant les
deux vases qu'il invective à tour de rôle. Il
en prend un après quelques minutes de son
balancement nonchalant, le découvre, et
un serpent en sort. Il le brandit, se l'en-
roule au corps, se met sa tête sur les lèvres,
le faufile au giron de l'enfançon qui, assis
en face de lui, montre, nues, de suaves rondeurs bronzées; puis, il empoigne l'autre
vase plus précautionneusement, en sort un
autre serpent et le jette à Saïda qui, se dé-
voilant, se met à danser, tout en roulant la

bête à ses bras, à ses jambes, à son cou, à
sa taille.

Saïda est une pure fleur d'Orient toute
taillée en souplesse. La face d'un galbe
accompli est animée de deux grands yeux
francs, tout noirs, sablés de quelques
points havanes qui s'y promènent; la chevelure brune, luxuriante, s'amoncelle à
ses épaules venant s'abattre en torsades
épaisses et folles sur le devant de la poitrine pour mourir à la naissance des seins
qui saillent drus sous le linon. Vêtue de
l'éternel lainage blanc, non ajusté, ses
formes impeccables ont forcé l'étoffe à se
mouler à elles et, sous le vêtement lâche,
elles se dessinent en rondeurs délicieuses
précisant les exquisités des lignes aux
courbes délicates, tandis que la taille, infléchie en arrière, cambre aux reins, creusant ferme la ceinture qui l'entoure, la

forçant à tomber bas par devant. Et Khaled,
animé à mesure que sa sœur resplendit,
multiplie ses prouesses de charmeur de
serpents.

Une houle, pourtant, fait osciller la
masse des spectateurs, et, dans un coin
du cercle, une bousculade a lieu. Un
homme s'y tient, hué de cris, brutalisé de
coups de coude, se voyant méchamment
boucher la vue. C'est Adda-ould-el-Habib,
un jeune homme éblouissant de beauté,
réunissant en sa personne l'éclat des
splendeurs orientales aux finesses de traits
des Occidentaux.

Il ne répond rien et demeure les yeux
extasiés sur Saïda que son regard envoûte,
perforant la masse humaine sans se soucier
des voix qui le repoussent : « Va-t'en, fils
de chienne, fils de chrétienne. Ta mère,
une giaour, s'est nourrie des ardeurs d'un

des nôtres, mais tu n'es qu'un mécréant.
Va-t'en! » La force de la volonté persis-
tante l'amène tout de même au premier
rang et il s'y campe insensible, insensé,
hors de terre, transporté en contemplation.
Khaled le remarque; mais s'en soucie peu
et continue, de ses prunelles fugaces, à
aguicher l'Européen aux splendeurs invio-
lées de sa sœur, Saïda.

Le marché prend fin pourtant, chacun
des trafiquants pressé de voir se terminer
cette longue journée du dimanche pour
atteindre le vrai jour de négoce, le lundi,
et regagner bientôt la montagne, hors de
contact avec le conquérant, la bourse un
peu grossie de son or. Et la nuit arrive
brusquement, sans transition presque.

C'est le soir. Un ciel clair, sans lune, tout
parsemé d'étoiles jetant de petites lueurs
glauques. La bourgade s'est endormie et

l'arbi s'étend à terre enveloppé dans son burnous, sous la petite tente improvisée d'où dépassent ses jambes. A ras du sol, quelques sarments crépitent en lueurs courtes, noirâtres, rougeâtres, semblant des feux follets errants ou des langues sataniques échappées vivement des bouches d'un cratère, et, dans le calme du repos, Adda-ould-el-Habib rôde dans un nonchaloir de tout le corps, les pas prudents, étouffés autour des tentes, tâchant à découvrir celle où peut bien s'alanguir au sommeil Saïda, afin d'y séjourner contemplatif, tandis que quelques petits soldats, permissionnaires de nuit ou échappés de la caserne, se meuvent hâtivement autour de ces campements, en quête du complaisant dispos à quelque trafic infâme.

II

Puis, de longs jours, Adda-ould-el-Habib demeure sans pouvoir retrouver Saïda. Vainement il s'est ingénié à la rencontrer à nouveau. Ses efforts sont restés infructueux, et, lassé, il se traîne inactif sur toutes les routes, revenant fréquemment au lieu de la vision première. A la sieste, il s'allonge au parvis des portes, sur les trottoirs bas et y somnole longuement, la cigarette aux lèvres, s'attardant en son assoupissement, insensible aux coups de pied qui le bousculent comme aux injures qui le soufflettent au passage, se suffisant de quelques cuillerées de riz qu'il trouve toujours dans le voisinage, et, sans cesse, il revient à la place du marché sous l'attirance du désir.

Un jour, des cris l'attirent vers le lavoir qui s'y trouve placé, en bas côtés. L'année est sèche; c'est un homme que, garrotté, deux hommes jettent à l'eau, l'y plongeant trois fois tout entier au risque de l'étouffer, en holocauste à Mahomet, pour demander des pluies, tandis que le Muezzin, du haut de la ridicule mosquée minuscule élevée auprès, invite les fidèles aux prières au même temps que, plus haut, la petite église catholique fait éclater les tonnerres de ses orgues et ses litanies exaltées dans la même intention.

Une autre fois, une fantasia le force à
déguerpir de son pèlerinage accoutumé.
Un riche cadi vient de marier son fils et
c'est la cérémonie de la chemise que doit
suivre un ébat de plaisir. Le mari, tout
luisant d'un manteau pourpre, de bottes
rouges incrustées de filigranes d'or et d'argent, paraît, heureux, sur son cheval capa-
raçonné, conduit à la bride par deux servi-
teurs qui secouent en oscillations taquines
la tête du coursier pour agiter les sonnailles
pendeloquant des harnais. L'homme a la
face béate et triomphante à la vue de la
chemise maculée de rougeurs que l'on
tient processionnellement devant lui, disant à tous venants la vérité de la conquête de la femme et de la femme bien
conservée réellement à lui seul, clamant
ainsi, dans une apothéose grossière sans
doute à nos yeux, mais toute mystique en

leur volonté, comme le mystère de l'incar-
nation des épousailles.

Et Adda-ould-el-Habib s'atterre en une
tristesse noire. L'envie le mord, le désir de
posséder infiltre des énergies en son âme
d'insouciant, de feignant. Ah! s'il avait des
douros en masse, il les jetterait au père de
Saïda. Mais, comment l'avoir? jamais le
père ne la céderait pour rien, et puis elle
vaut bien plus que deux sacs d'orge, à ses
yeux certainement, et puis encore, lui, le
prophète, l'homme de la religion, consen-
tira-t-il jamais à la donner à lui, fils de
chienne maudite.

Il la veut cependant. Le samedi est venu
au bout de cette longue semaine écrasante
de douleur et de navrement. Un espoir luit
en ses yeux. C'est le jour des aïeux.

Tout surexcité, les nerfs en mouvement,
le front infiltré de rêveries prometteuses, il

s'enquiert d'un cheval et il s'achemine au versant d'un mamelon où il attache sa monture au tronc d'un petit arbre rabougri, sauvage, isolé, poussé là sans raison, aux fentes d'un mouvement de rochers.

Puis, alerte, en bondissant, les jarrets d'acier, insoucieux des crevasses et des précipices semés à tous hasards, échancrant la montagne à l'improviste, qu'il franchit en se jouant, il gagne le point culminant de la hauteur. Bientôt, sur la route sèche, aux bas-côtés de laquelle s'épandent plates, avant les poussées volcaniques des montées, des étendues d'un vert jaunâtre de jujubiers nains, de palmiers nains et d'herbes folles, Adda-ould-el-Habib voit se mouvoir de longues traînées blanches s'avançant d'un pas alenti; ce sont les femmes et les filles, les moukières s'acheminant en bandes vers les tombeaux des

ancêtres mamelonnant la terre au hasard
sur les coteaux, presque toujours par
groupes de rehauts de terres faciles à reconnaître à leur forme oblongue et con-
vexe, jetés là sans règle et nullement enclos.

Adda, avec des recherches félines pour
se dissimuler, descend alors sans hâte,
s'attachant à ne se point faire remarquer,
profitant des abris des montagnes qui,
dans ce chaos de la nature et ces jets de
laves successifs, précisant bien les âges
des évolutions volcaniques, s'enchevêtrent,
se nouent, se croisent, se pelotonnant aux
creux des ravines qui semblent avoir été
formées à des époques lointaines par de
violentes coulées de torrents ou des reflux
de mers indiqués bien nettement par les
coquillages rencontrés embourbés au sol et
les remous de vagues dessinés en alluvions,

gagnant de proche en proche sur le terrain,
s'abritant d'un arbuste.

Quand il se juge assez proche, les yeux
perçant de vouloir, le cœur battant d'une
chamarde, il pénètre avidement des yeux
ces groupes oscillant lentement en file in-
dienne comme un voile étendu au soleil, et,
peu de temps après, une secousse énerve
tout son être.

Les moukières emmaillotées dans leurs
nippes récemment lavées marchent toutes
le visage couvert entièrement ; mais, dans
la langueur d'une allure, dans la cadence
d'un pas qui, frappant le sol comme en deux
fois, fait onduler la hanche et les reins tout
en révélant le buste parfait et la jambe
moulée, il croit deviner Saïda. Il regarde
plus attentivement et la certitude étreint
son cerveau. Alors, d'un saut il est auprès
d'elle, la saisit en ses bras, l'y ensevelit et

court une course vertigineuse jusqu'à sa
monture, suivi des huées vociférantes des
femmes en surprise.

Le cheval gagné, il bondit sur la selle,
tenant Saïda d'un bras ; puis, fourrageant
les flancs de la bête de ses éperons, il la
lance au triple galop, à l'aventure, tournant le dos à la ville. Un vent fort avait
soufflé dès la prime matinée. Ce fut tout à
coup le siroco qui se leva, vent de poussière
où les houles de l'air charrient du sable fin,
aveuglant, cinglant, brisant sur tout des
nuées caillouteuses. Le cheval stoppa dans
une secousse, les naseaux en feu, hennis-
sant. Adda, sans répit, se mit aux dents les
rênes, puis des deux bras saisissant Saïda,
appuya la poitrine de la femme à la sienne,
tournant son visage et son corps à l'encon-
tre du vent ; alors, il planta ses éperons au
sang dans la monture qui s'étira de dou-

leur et s'enleva dans un effort des jambes,
la précipitant en un galop enragé.

Saïda, sans mouvement, passive tout à
fait, demeurait là, couvée sur la poitrine
de cet homme que le soulèvement de ses
seins brûlait ; et l'envolée macabre de ces
trois êtres, ne faisant qu'un dans la tourmente épaisse, était saisissante comme une
apparition.

Tout d'un coup, Adda quitta les rênes de
ses dents. La senteur de cette fraîcheur
immaculée, de ce corps de femme tout mûr
pour la passion, gravita à son cerveau et
l'irradia ; laissant libre la volonté du cheval qui s'échappa en bonds réjouis et féroces
de liberté reconquise et de brûlures des
meurtrissures qui ne cessaient de lui ra-
brouer les côtes, le jeune homme de ses
deux bras nerveux fit ascendre doucement
la vierge à ses lèvres, et, en des embrasse-

ments affolés, il parcourut tout le corps
enivrant, pour poser longuement ensuite
aux lèvres.

Ils avaient atteint un plateau complètement désert, sans nulle aperçue d'habitation à des distances inappréciables, et, d'une
reprise des rênes, Adda arrêta net sa monture. Saïda noua langoureusement ses bras
au cou du ravisseur, et, s'enroulant pour
ainsi dire autour de lui, les yeux pâmés,
s'allongeant de douceur, la lèvre pleine
d'appétence, l'être tout donné, tout soumis,
elle dit d'une voix énamourée qui sonna
chaude au sein de la nature calmée comme
sous un enchantement, sans dégradation :
« Je suis à toi, Adda-ould-el-Habib. Fais
de moi ce que tu voudras ! !! »

III

Le soir de ce beau jour, ce fut une tristesse mortelle sous le gourbi de Hammam-
bou-Hadjar, père de Saïda, quand, dans la
montagne où il vivait sous des tentes abritant tous les siens, il ne vit pas revenir sa
fille adorée. D'abord, inquiet seulement, il
interrogea l'horizon, puis, lâchant les chiens
hors des clôtures de courts piquets, il les
poussa dans l'immensité leur criant le nom
chéri : Saïda ! Saïda ! Enfin, il comprit son
malheur et atterré au premier abord, stupé-

3

fait, stupide d'ahurissement, ce furent ensuite des imprécations douloureuses,
comme chantées à mi-voix :

« Mahomet ! Mahomet ! Je te l'avais vouée
pourtant et donnée en garde, Je savais bien
qu'elle devait être prise par un homme ;
mais ne pas savoir par qui, par quel homme,
et ne pas avoir reçu en échange la valeur
de sa beauté !... Je l'ai nommée pourtant,
en signe de consécration, du nom de la
ville sacrée, Saïda, la petite lionne, ma
petite lionne, profanée sans doute, comme
la ville, par les envahisseurs !... Je l'aimais
pourtant au-dessus de tous mes autres
enfants qui n'étaient pas à toi comme elle-
même, elle, la dernière expression de mon
culte pour toi sur la terre, avant le paradis
promis, elle, la dernière née de ma virilité,
conçue au déclin de l'âge et jaillissant
superbe, indomptée, comme le dernier

flux de vie consacré par moi à t'adorer...

» C'était un espoir que je n'aurais plus
osé rêver, et tout joyeux de ton cadeau
suprême, je la voyais comme une de tes
houris saintes descendue un moment sur
la terre pour la plus grande joie des
croyants... Et ces conquérants me l'ont
prise !... car ce sont eux, j'en suis sûr, et
tu ne les as pas broyés... Oh ! Mahomet !
Mahomet ! rends-moi la petite lionne, la
prédestinée. »

Hammam-bou-Hadjar terminait à peine
ses appels au grand prophète quand Khaled
rentra. Il lui apprit le malheur arrivé en sa
maison, le questionna sur la journée de
Saïda, ce qu'elle avait fait, sur ses suppo-
sitions. Mais Khaled ne savait rien. Simplement, d'un ton de révolte, il s'écria, le
geste bref, la voix encolérée : « Il aurait
bien pu au moins, le lâche, nous envoyer

le prix du mariage. Nous voilà sevrés d'une fortune sur laquelle nous pouvions compter. Je le retrouverai et je le tuerai, ou il nous paiera, le voleur ! »

Justement, Khaled attendait des conquérants dont il avait su irriter la convoitise à les faire s'engager à une grosse somme et, pour plus de sûreté, il leur avait certifié qu'il leur donnerait sa sœur dès que, au gourbi, ils lui auraient apporté le prix de sa beauté. Aussi la colère empourprait son visage. Cependant, la réflexion aidant, il supputa l'utilité dont ils pouvaient lui être pour retrouver sa proie ; aussi, doucement, il voulut préparer son père.

— J'attends, dit-il à Hammam-bou-Hadjar, demain des sidis français avec lesquels je suis en affaire. Reçois-les bien, ils pourraient nous aider à retrouver Saïda.

Hammam ne chercha pas à approfondir le

mobile de cette visite ; mais, redressé tout
à coup : « Oui, retrouver Saïda !... Des
chiens de chrétiens pour nous aider ! Tant
pis, et Mahomet nous pardonnera. Il sait
bien que je n'ai jamais frayé avec eux ; mais
qu'importe !... Tout est bon à la retrouver ! »

Et, le lendemain, les Européens péné-
trèrent au gourbi, tout émerillonnés de
désirs, mais prudents cependant devant
l'arbi. Introduits sous la tente, Hammam
les fit asseoir à terre ; puis, dans l'habitacle
divisé en deux parties par un rideau épais,
une main de femme parut, passant, tout en
se dissimulant d'un côté de la cloison, le
couscoussous de l'autre côté, et Hammam,
ayant le premier happé une cuillerée de
l'orge rôtie, passa le plateau à son fils d'a-
bord, puis à ses hôtes.

Alors Hammam sortit et les étrangers
restèrent seuls avec Khaled.

— Ta sœur ?

— Disparue.

— Tu nous trompes.

— Non pas.

— Pas de douros sans ta sœur, tu sais.

— Pas de douros, puisqu'elle est partie.

— Alors, adieu.

— Non ! il faut la retrouver.

— Comment.

— Par vos hommes de police.

— Nos hommes de police pour une moukière ! !

— Vos hommes ; car vous en avez envie de la moukière, et après, les douros. Je veillerai.

Hammam rentrait. Il ne savait pas un mot de français n'ayant jamais consenti à le parler ; mais, très fin, il saisissait tout sur l'expression des visages et Khaled n'avait pas voulu parler devant lui.

S'adressant à son fils :

— C'est entendu, lui demanda-t-il?

— Je crois.

Puis, se tournant vers les Européens, la face volontairement impassible :

— Mon père demande si vous consentez aux recherches?

— Ma foi oui, car cela devient drôle.

— Oui, dit alors Kaled à Hammam.

Et les Européens se retirèrent tandis que Hammam, la taille infléchie, le regard caressant, tous les membres tremblotants d'espoir, saisissait, en se courbant, les vestes des visiteurs pour les baiser dévotement.

Malgré tout, Hammam ne voulut point s'aventurer en recherches, sans consulter, lui prophète, un prophète plus grand que lui, et, dès le départ des étrangers, il s'achemina à la recherche de Ould-el-Hadj-Yamina.

Ould-el-Hadj-Yamina était un grand
vieillard sans âge. Les cheveux courts et
rares sur un front fuyant à teinte bronzée
et ivoirine tout ensemble, poli jusqu'aux
reflets. On ne savait guère sa vie, sinon
qu'il prophétisait constamment la ven-
geance, tenant les cœurs en haleine pour
la reprise totale de la terre des ancêtres.
Où couchait-il? Mystère. En quelque caverne ignorée ou en quelque creux de la
montagne sous les voiles complaisants des
nuages; mais, toujours, on le trouvait
errant au vieux camp, dans la vieille
citadelle démolie, le vieux Saïda, retraite
dernière du grand lutteur de la guerre de
race, d'Abd-el-Kader.

Accoté à un monticule abrupt qui sur-
git de terre par trois envolées volcaniques
successives, dégradées, poussées d'abord
timidement avec des terres aux entours

où gramine l'herbe courte, puis, plus au-
dacieuses, abondant en rocailles, pour se
finir en élancées de laves se dressant, inaccessibles, en longues coulées droites, sem-
blables aux pilastres hardis des cathédrales
flamboyantes, toutes de roches dures, le
vieux camp d'Abd-el-Kader se dessine encore hors de terre, malgré le rasage, par
quelques souvenirs de murs en pierre, rec-
tilignes, marquant le tracé de l'ancien
retranchement défensif, merveilleusement
situé, impossible à tourner, dominant les
routes et gardant un aperçu de fuite, au
détour de la montagne, par la vallée de
l'Oued-Saïda qui glisse au travers des
hauts lauriers-roses épais.

Ould-el-Hadj-Yamina précisément causait à un petit soldat :

— Ta civilisation?... monstruosité in-
féconde... quitte le service, enfant, je te livre

la plaine, et, par les monts et les vallons,
couvert de ma protection, tu erreras à travers champs, heureux et libre, humant à
pleins poumons l'air, le ciel et les senteurs de terre, vivant enfin, car vivre ce
n'est être comptable qu'à la nature de ses
mouvements.

— Je ne puis...

— Pourquoi?... Là, l'espace; et toi, en
ta vie, le casernement toujours.

— Je trahirais.

— Non! pas le vrai, le monde...

— Et les miens?...

— Tu pleures... Une fiancée t'attend.

— Peut-être.

— J'ai des fiancées pour toi, toutes jeunes
et belles et gardant en elles-mêmes la saveur âcre des grandes étendues.

— J'aime!

— Je comprends!

— Et pour elle je dois accomplir ma tâche.

— Va! tu es maudit!

Hammam-bou-Hadjar survint. Il confia au prophète sa douleur.

— Les étrangers, par Mahomet! ont fait cela, répliqua Ould-el-Hadj-Yamina.

— Que faire?

— La retrouver... Et la ruse, frère, la ruse avant tout; car la ruse est notre fort; là ils ne peuvent nous dominer, ni nous conquérir! La ruse, la ruse, toujours la ruse!!!

Il découvrit son plan. Pouvait-il utiliser les forces de l'étranger?

— Sans aucun doute... les vaincre par tous les moyens.

— Et si je ne la retrouve pas?...

— Prier et les défaire par la prière.

Justement, tout au bas de la colline, sur

le chemin, un pas nombreux et cadencé
emplissait l'étendue. A la vue de tous ces
jeunes héros auréolés de gloire, Yamina
fronça le sourcil et, de sa lèvre, un sifflè-
ment de haine partit; puis, stupéfié, les
larmes aux yeux, il ne put détacher ses
regards de leur vue, spéculant la force qu'il
eût fallu pour démembrer ces forces.

IV

Cependant, pas encore, Saïda et Adda-
ould-el-Habib ne s'étaient vus tout entiers.
Adda frissonnait du besoin de la première
apparition de toute sa bien-aimée : mais,
pris d'amour, l'âme assouplie aux craintes
de froissements, inhabile, maladroit à l'enserrer dans la timidité du vouloir de l'adorer, il demeurait auprès d'elle inerte, en
contemplation, inquiet de ses charmes,
traversé de frémissements, mais tenu en
respect par une ferveur sacrée, annihilante,

et de longs jours, ils vécurent ainsi côte à
côte à se mirer des yeux, inaccessibles aux
hideuses convoitises, toujours vivant d'un
rêve, qui les énervait et les martyrisait sans
les terrasser.

Une pluie diluvienne avait empâté les
vallons et le pied le plus léger enfonçait
jusqu'aux chevilles, se maculant étrangement au passage. Une éclaircie venue les
fit se regarder dans leur souillure des
boues du chemin, le soleil tamisant piquait aux herbes basses sous la gelée
matinale encore subsistante comme des
gemmes trembloteuses et, d'un commun
accord, honteux l'un vis-à-vis de l'autre,
ils songèrent aux ablutions.

Ils avaient, tout en devisant de leurs profondes tendresses, gagné les hauteurs des
roches vertigineuses, s'accumulant par en-
tassements successifs, graduées en arcs qui

forment les sommets où s'entasse le lit
minuscule de l'Oued-Saïda et, l'un sur
l'autre appuyés, dévalant prudemment la
montagne, mais avec des sûretés de sau-
vages en course, ils atteignirent le rivelet
qui murmurait en moutonnant sous les
fleurs rosées. Tout au bas, ils disparais-
saient dans la majesté monumentale des
monts qui, superbes, rocailleux, avec des
hardiesses de pignons jetés comme par
hasard sur un coin mamelonné, saillaient
à en rouler, semblant prêts à la tombée,
tout en projetant des aiguilles massives de
laves, pour les laisser évoluer en contours,
en retours, en demi-cercles, en volutes, dans
une furia insensée de désordre ordonné,
hurlant d'un pittoresque inexprimable, abê-
tissant d'inimaginable le cerveau créateur.
Et, tout bas, les deux êtres, parcelles broyées
sous l'entassement de grandiose, se déve-

tirent lentement pour apparaître tout nus
au sein de l'impérieuse nature.

Sans tarder, ils se ruèrent aux flots
blancs dissimulés sous les branchages
touffus de lauriers-roses qui, sans régula-
rité, en bottées de rencontre, plantées sans
règle, avec des retraits et des débords,
poussent en arbustes feuillus de feuilles
amincies, lingualées, saignantes, comme
en piqûres de leurs floraisons roses d'ané-
miques.

Saïda, le corps tout dévêtu, s'abandon-
nait câlinement aux ondes où elle marquait
les souplesses de ses formes divines, tandis
que le flot, amoureusement, les baisait en
caresses, laissant goutteler sans hâte, avec
des lenteurs de regrets, des gouttelettes
d'eau vive qui semblaient des larmes de
nacre sur ses charmes. Et, tout heureuse,
rafraîchie au contact des fraîcheurs de

l'oued, le corps légèrement teinté des fiè-
vres des lauriers-roses, les cheveux tombant aux épaules, les reins ployant en des
secousses successives, comme plaintives,
elle s'avança, les yeux énamourés, vers
Adda qui, tout proche, dévêtu semblable-
ment, s'était plongé complètement, par une
pudeur instinctive à son intention. Elle lui
tendit les bras et tout son corps s'émut de
coulées de désirs qui, partis de la nuque,
s'infiltrèrent aux nerfs pour irriter les
veines sursautantes tout à coup. La lèvre
désirante, le corps penché, ses seins venant
presque mourir à la bouche d'Adda, elle se
courba à lui, l'appelant de tout son être
merveilleux. Il se transforma, l'œil féroce,
et, tout d'un coup, sans transition, l'encerclant à la taille de ses bras amoureux, il la
noua à lui en une passion irréfléchie. Les
deux corps sans défense furent immersés

sous le fleuve qui, discrètement, leur fit un drap de sa nappe miroitante et tous deux disparurent comme noyés. A plusieurs reprises, ils reparurent pour disparaître à nouveau, et déjà des hoquets de terreur les secouaient comme en un râle, mais leurs baisers unis ne savaient se disjoindre et leurs corps s'enlaçaient toujours, raidis davantage à mesure, comme imprégnés l'un dans l'autre irréfragablement.

Pourtant, des pas précipités retentirent dans l'immensité. Une petite troupe armée jusqu'aux dents passait sur le versant de la montagne, conduite par les deux Européens en désir, glissant en se rattrapant aux aspérités et aux branchages de hasard, le long du déval de la coulée des hauteurs.

Ce bruit perçu par eux attira l'attention des deux amants qui, vivement, compre-

nant une recherche, et devinant pour eux
un danger se ressaisirent d'un violent heurt
des talons, se remirent debout, se désenla-
cèrent l'un de l'autre et, rapidement, par
une compréhension commune instinctive,
se hâtèrent aux abris de lauriers-roses,
sous une voûte de feuillée, se dissimulant
joyeusement, et, accotés l'un à l'autre,
sans voix, les genoux serrés, assis en terre,
le corps ployé vers les jambes, les têtes
rapprochées, mais impassibles, ils atten-
dirent longuement la passée du danger.

Puis, redoutant un retour, ils se revêti-
rent hâtivement et, sans tarder, prirent la
fuite, gravissant à nouveau, avec des hardiesses de chèvres et des imprudences de
rapineurs, les sautes de roches pour tous
inaccessibles et infranchissables, se déchirant les mains, s'écorchant la peau. Ils ga-
gnèrent ainsi le point culminant pour,

serrés corps à corps, s'épandre ensuite à
toute vitesse de leurs jambes folles, par la
plaine, jusqu'au refuge, à l'abri de toute
visite possible.

La petite troupe, enlevée au puissant
désir de ses chefs, continuait de parcourir
les chemins, les yeux aux aguets, l'oreille
alerte, les bras inquisiteurs, fouillant tout,
creux et vallonnements, sans hâte, mais
avec des fatigues incessantes, les uns, sur
un ordre, se jetant aux sommets où ils s'ac-
crochaient désespérément, manquant d'en
rejaillir broyés, les autres s'affalant aux
crevasses pour les sonder. Mais, toujours,
rien n'apparaissait à leurs cuisantes espérances.

Sous la montagne, une sorte de caverne
s'ouvrait. On y jetait deux hommes qui,
légèrement apeurés, s'y lançaient témé-
rairement, le fusil aux mains, tenu au tra-

vers des genoux, prêt à faire feu et, sous les
vestiges de passage, marqués aux noircis-
sements de foyers éteints récemment, on
espérait vainement découvrir une trace qui
n'indiquait que l'esprit nomade de la population autochtone du pays parcouru. Au
point qui unit la Saïda nouvelle au vieux
Saïda, pont jeté comme une anomalie sur
des niches de rocailles merveilleuses d'as-
pect et prenantes de pittoresque, on stoppa
une minute et, de gauche et de droite, en
l'étendue de plaine légèrement mamelon-
née de terre par instants on déploya des
hommes pour visiter les silos s'ouvrant de
ci, de là, traces d'infâmes réprimandes qui
disent la barbarie des premiers conquérants n'hésitant pas à ensevelir, sous l'œil
maudisseur du ciel, des êtres humains dans
ces trous creusés en pleine terre, d'une pro-
fondeur à peu près double de la taille

humaine, pas davantage, mais perforés à pic pour ne point permettre que l'on en sorte.

Les recherches demeurèrent sans résultat. Pourtant, l'un des rabatteurs, un instant, s'imagina avoir mérité la bonne récompense. Il entendait un bruit de voix couvert et, vivement, il s'établit à l'orifice du trou. Un coup de feu en partit aussitôt. La troupe vengeresse s'accumula en une seconde à l'entrée de la caverne. C'étaient deux malheureux soldats de cette armée de la misère et du désespoir, prodigieuse de vaillance, qui, sous le nom de légion étrangère, abrite en même temps que de vieilles valeurs auxquelles l'armée seule sourit, toutes les défaites de la vie, des turpitudes et des crimes aussi comme des découragements profonds et ne compte plus par une unité les défections en ces cervelles déséquilibrées que hantent tous les vices communiant avec tous les accès d'un courage héroïque marqué à la conscience de la vie finie et à l'impossibilité de renaître à l'existence normale.

Deux militaires travaillés du cafard — c'est le mot — s'étaient rués, un soir de garde, hors du poste, tout bardés de leurs munitions et de leurs fourniments, et depuis lors, grignotant des croûtes, s'étant débarrassés de leurs effets moyennant quelques sous utiles à manger, ils végétaient, de trous en trous le jour, se dissimulant pour, la nuit venue, tenter d'allonger quelques mètres entre eux et la caserne ou de se pourvoir de quelque besogne capable de leur faire gagner des rivages lointains.

La petite troupe les cueillit après leur avoir laissé dépenser leurs cartouches gardées en précaution, et, brutalement, avec

une rudesse doublée de l'insuccès d'une
autre recherche, on les enferma dans un
carré d'hommes avec des coups de poing et
des coups de pied grossis de paroles sale-
ment insultantes et, désappointés, ayant
fait à un kilomètre de circonférence le tour
de la bourgade sans résultat, on gagna
Saïda, ne cessant d'invectiver les tristes
déserteurs, dans une fanfaronnade de la
capture faite, les mots jetés en l'air, tendant
à faire croire que là était le but de la sortie
insane.

Et, au retour, grâce au pouvoir discré-
tionnaire des chefs de poste en ces contrées
encore soumises à la loi du sabre et sur
cette armée fertile en traîtrises de toutes
natures, les deux misérables, fort assouplis,
penauds au degré suprême, abattus des con-
séquences prévues, cuvant les désespoirs
des jugements terribles qui voguaient sur

leurs têtes coupables, furent enclos en cellule pour vingt-huit jours, sans nourriture
presque qu'une soupe d'eau claire par jour,
avec, comme par dérision, un os décharné
nageant au centre, en attendant le trans-
fèrement, les papiers mis en règle, au conseil de guerre se tenant au siège de la divi-
sion, à Oran.

V

Hammam-bou-Hadjar connut bientôt les résultats infructueux de ces recherches tant convoitées.

Son parti fut aussitôt pris. Il résolut de reparaître en plein marché, ce que le poids des ans l'avait obligé à s'interdire depuis longtemps, et, anxieusement, il attendit le dimanche suivant.

La nouvelle rapidement se répandit, et ce fut dans tout le monde arabe et berbère comme une sensation de joie, Hammam étant vénéré au degré d'un homme qui con-

finait à la divinité et, tandis qu'il évoluait en
charmeur de bêtes sur les places publiques,
il avait accoutumé de jeter des phrophéties
que l'on recueillait avec dévotion, assuré
de l'idée que l'on se faisait de son infailli-
bilité presque certaine, à longue échéance
s'il était nécessaire.

Aussi, ce dimanche-là, ce fut comme un
entassement de monde sur la place connue,
avec, dans les vêtements, comme un souci
plus grand d'apparat, une tendance plus
affirmée à la coquetterie, un désir de paraître au mieux de ses moyens devant le
grand mystère qui allait s'accomplir, une
volonté de ne pas déchoir en face d'un si
grand prêtre, d'un si haut prophète.

L'heure habituelle venue, Hammam-bou-
Hadjar était déjà là, ses vases poreux
couchés à terre devant lui, ses musiciens
accroupis à ses côtés, les instruments en

leurs genoux, lui, au repos, assis, comme
infiltrant en son être des pensées ; mais l'œil
aux aguets, louvoyant, s'accrochant avec
acuité à tout venant, lui fouillant l'âme
sans y paraître, le scrutant, l'investigant,
lui faisant rendre sa dernière réflexion, et
le gênant de cette pensée morale à le forcer
à détourner la vue, presque sans le regarder d'apparence.

Au lointain, sur le terre-plein, la musique française retentit ses airs spéciaux et ce
fut, pour Hammam, comme le signal. Dans
une rage de geste, il imposa à ses aides de
se mettre en branle, et précisant par des
mouvements sa volonté de les voir frapper
plus fort, plus fort et encore plus fort, il les
exaspéra en un délire des bras et des doigts,
comme de la voix et des cris qui, avec les
trois notes seules possibles des instruments,
émut l'atmosphère sans tarder d'un baccha-

nal curieux, sonnant l'incompréhensible et
l'infernal.

La foule attirée se rua aux entours des
musiciens, les Arabes toujours s'accroupissant en cercle pour répéter, à des espaces
plus rapprochés que de coutume, les impré-
cations·qui semblaient contenues dans les
paroles que les joueurs de flûte jetaient aux
airs après les avoir cueillies aux lèvres de
Hammam.

Lui-même, Hammam, le prophète, se
dressa tout à coup, dans un bond. Son fils
était là et aussi le garçonnet allongé devant
les vases poreux, les jambes parallèles, qui
riait exquisement d'un rire naïf d'enfant,
avec dans les membres comme un tremblement d'émotion qui se répercutait dans
les yeux attachés involontairement, tout
agrandis, à suivre les évolutions énervées
du prophète.

Un vase poreux fut ouvert et un serpent en jaillit, une langue en flèche brandie de la tête, le corps en volutes, le regard perçant. Hammam le saisit au col, tout proche la tête, et le ruban du corps visqueux, d'un vert d'algues marines, se secoua en une transe et se tirebouchonna vivement. Le prophète se l'enroula au bras, tendant à la gueule baveuse sa chair à nu pour quêter une morsure qui, immédiatement, marqua du stigmate d'un sang noirâtre le point touché. D'un bras il passa à l'autre, puis l'aboucha aux jambes et, à chaque fois, des gouttelettes de sang perlèrent au contact du serpent. Alors, il enfouit le reptile dans le giron du gamin qui tremblota d'une fièvre, le retira vivement, lui mit la tête sur les lèvres et lui-même prenant la tête de la bête, la brandissant d'abord ostensiblement aux regards de tous, se la mit entièrement en bouche, fermant les dents pour la garder un instant ainsi, tandis que les anneaux du monstre agités étrangement se roulaient et se déroulaient comme en souffrance.

Alors, l'ayant remis au jour, d'un seul coup de couteau, il décapita le serpent et dépiota cette tête encore tout vive, la découpa avec une habileté rare en petits morceaux, presque symétriquement carrés, et, après les avoir roulés en une sorte de suie blanche, il les avala tour à tour.

Ce furent incontinent des cris terribles de toutes parts, clamant l'ivresse, l'allégresse, le contentement, la terreur.

Hammam, sans se reposer, se déginganda en un mouvement rythmique d'une jambe sur l'autre, et le dodelinement commencé en douceur, presque en marche, s'accentua peu à peu pour se précipiter à mesure,

comme en une folie qui n'eût plus permis
de se préciser les pas, aveuglant la vue, la
faisant délirer, l'hallucinant.

Le mouvement devenu irréfléchi, Ham-
mâm tira de dessous sa lévite de linon,
comme en un arrachement, deux longues
aiguilles d'acier, puis les enduisant de la
suie blanche, la tête penchée d'un côté,
avec des difficultés, des hésitations, mais
sans tremblement de la main, il les entra
alternativement chacune dans une joue
pour les faire ressortir par l'autre après la
traversée du palais, et les deux aiguilles
croisées semblaient deux fers de lance
fichés en cette face de vieillard où le sang
accumulé marquait des empourprements
de congestion.

Le mouvement devint de plus en plus
saccadé, s'excitant de la douleur, s'exacer-
bant aux souffrances; mais le front demeu-

rait impassible et les yeux, comme noyés d'une rêverie, paraissaient extasiés en une jouissance hors de terre. D'une main alerte, en une brièveté sèche, il s'empara de l'autre vase poreux et, de sa gorge séchée, des cris, des hurlements sortirent, répétés, en reprises de refrain, par tous les Arabes assistants, avec une intention bien nette de s'imposer la même intonation, les mêmes accents, de se les insinuer et les voix glapirent dans l'étendue, furieuses, désespérées.

Le vase découvert, un nouveau monstre, plus imposant, s'en élança, terrible, et siffla avec acuité au nez des assistants.

Hammam, le saisissant au bout du corps, continuant sa danse farouche, le fit tournoyer trois ou quatre fois autour de sa tête et la bête enragée psitta plus clairement. Alors Hammam la prit, et, l'étrei-

gnant de ses deux mains avec une force qui
épandit en tout le corps squameux des con-
vulsions insensées, il la tourna tour à tour
vers tous les monticules environnants, tandis que sa gorge crachait des imprécations
toujours étourdissantes.

Tout à coup, du sommet du monticule
qui commande la route de Nazareg, sur-
monté d'une sorte de dolmen de rochers,
une forme blanche dévala, comme chutant,
pareille à un bolide attiré vers la terre. En
course folle, elle ne s'arrêta pas, disparut
derrière les murailles des maisonnettes,
puis reparut tout essoufflée, tout en émoi,
suante et animée vers la place, gagna le
cercle, le perça, plus forte que les volontés,
atteignit le centre, tout proche Hammam,
et s'y fixa en arrêt. C'était Saïda, la fille, la
petite lionne.

Hammam stoppa net, la tête infléchie en

arrière en un geste forcé, les yeux au ciel,
la voix expirant des mots plus doux qui
gravitaient suavement vers l'azur. Et Saïda,
s'étant emparée du serpent, le noua à son
buste à la hauteur des seins.

Le monstre, doucement, avec des frémissements des anneaux, s'y enroula et, vivement, de sa mâchoire vint heurter les
lèvres de la jeune fille. Celle-ci ouvrit la
bouche et le reptile y engloutit sa tête tandis que Saïda, les yeux comme retournés,
la face empourprée d'afflux sanguins, le
corps ployé sous l'enlacement, tout l'être
arraché au monde, semblait accablée sous
une force plus haute que nature.

Hammam, rayonnant, lui sortit le serpent des lèvres frémissantes à le garder en
bouche ; Saïda, d'une main ferme, en con-
tint le corps en sa main et l'ensevelit en
son giron où aussitôt pelotonné, il parut

s'endormir à tout jamais ; et le père, insoucieux de la foule, ayant recouvré des jambes de prime jeunesse, saisissant sa fille à la taille, l'enleva presque au dehors de l'attroupement massé qui se sépara pour ainsi dire instinctivement, telle une vague qui se brise aux rochers en promontoirs.

Et il disparut au lointain des vallons, invisible bientôt, hors de toute atteinte, tirant sans cesse, de son gosier haletant en l'échappée, des mots doux qui ascendaient au firmament avec les câlineries de ton des prières ardentes.

VI

Saïda s'était abandonnée à un premier
mouvement. Pourtant, l'ennui l'envahit
bientôt.

Hammam, tout heureux de la reconquête,
se multipliait en caresses, ayant des allures
d'amant naïf pour l'enceindre en ses bras
ou l'accroupir dévotement à ses pieds. Mais
Saïda, sans un sourire, conservait sa tristesse, apâlie de regrets, la face étirée, paraissant s'étioler peu à peu, avec, dans les
membres, des traversées de désirs inas-
souvis.

Le jour de Pâques était venu et, pour la distraire, Hammam-bou-Hadjar résolut de la conduire à la Mouna, la fête du lundi de Pâques, la grande fête des habitants d'Algérie, acclimatée par la race espagnole. Il fallait bien se mêler aux conquérants, si Saïda devait y retrouver un peu de joie. Il la souhaitait gaie, heureuse, et, devenu insoucieux de ses répugnances de conquis, il s'ingénia à lui faire partager ces liesses.

De grand matin, d'épaisses carrioles à transporter de lourdes charges, non suspendues, sont tapissées aux montants de fleurs de toutes natures ; des chaises ou des bancs sont amoncelés sur le véhicule et les bœufs attelés en flèche, par couple. Un monde mélangé de femmes et d'hommes juchés pêle-mêle, en des costumes de fête, tous gais et pimpants sur la voiture, elle se met lentement en mouvement, conduisant

ces masses alertes à tous les points de la
campagne, aux eaux chaudes principalement, avec leurs paniers gonflés de provi-
sions de bouche de toutes sortes. Parfois,
le chariot nombreux est croisé en route par
un simple tilbury où s'empilent trois ou
quatre couples s'acheminant au même plaisir, ou encore par un char-à-bancs toujours fortement chargé, et bientôt les alentours de la bourgade retentissent de rires
fous et de gaietés non contenues. On mange,
on danse, on chante et l'on s'ébat sur l'herbe
sèche des environs, terminant le repas invariablement en découpant la mouna, sorte
de couronne de brioche farcie d'œufs cuits
fichés avec leur coque et qu'il s'agit de
casser en se faisant les niches les plus abra-
cadabrantes. Les uns s'abritent d'un creux
vallonné, les autres de quelques branchages
rares en ces espaces arides et c'est un tout-

à-la joie qui résonne de partout. Après manger, après boire, on s'enlace volontiers, les
filles, très délurées, s'abandonnant aux hardiesses des jeunes gens, invitant même aux
indiscrétions par des attitudes lascives, tout
le monde, la panse pleine, se vautrant les
uns auprès des autres, en promiscuité,
avec des baisers plein les lèvres, sans retenue aucune. On dirait d'une kermesse
flamande accentuée aux tiédeurs libertines
des températures d'Afrique, aux abandons
nonchalants de ces contrées, aux absences
de tenue de ces peuples hybrides où les ac-
cordailles saillent au hasard des rencon-
tres, aux craintes de non-prises de ces filles
jetées en ce pays inconsistant. Et la folie
règne en maîtresse, infiltrant comme une
ivresse volontairement irréfléchie en tous
les êtres.

Saïda traversa ces exaltations désordon-

nées sans trouver repos à sa langueur mor-
bide. Alors Hammam, le cœur sans cesse
en éveil, décida de l'entraîner aux fêtes du
bœuf qui approchaient.

C'est la fête des villages nègres. Ces villages, composés de huttes de chaume, s'é-
levant en terre de la terre elle-même, généralement proches d'un rivelet, abondent autour des villes d'Algérie. La race noire, sans
doute émigrée du centre africain, y est là
chez elle, ayant à compter évidemment avec
le fisc, mais se reposant sur elle-même de
son administration en une apparence d'au-
tonomie, nommant son cadi, son maire,
sorte de roitelet éligible d'année en année
et que la fête du bœuf proclame.

C'est une houle de corps noirs, à peine
revêtus de quelques oripeaux voilant leurs
chairs qu'un pagne seul protège de dé-
cence.

Le moment venu, dans cette masse som-
bre, on pousse à la portée de tous un bœuf
sans entraves. Et, aussitôt, c'est à qui, le
couteau aux mains, se ruera au massacre,
lardant la pauvre bête de coups, la déchirant, l'écharpant, la vidant avec rage, tandis que, furieuse, elle beugle languissam-
ment tout en s'agitant rageusement pour se
dégager de la torture infligée.

Et la masse folle, énervée, s'écrase, se
bouscule, s'invective, se mutile, s'étouffe
pour avoir sa part de férocité. Puis, la bête
abattue, rendant la vie de toutes ses plaies,
affolée en son sang qui découle de toutes
parts, c'est une furie grossie encore du désir
dernier, c'est un délire où l'on se passe sur
le corps, où l'on s'étreint, où l'on se tré-
pigne, où l'on se bat, chacun, les lèvres
tendues, lippues, appétantes, en rut, tâchant à atteindre le plus vivement possible

une plaie de la victime terrassée pour y
humer une goulée de sang encore chaud.
Car, le premier qui a bu ainsi est reconnu
maître du village pour l'année qui suit.

Et Saïda, toute frémissante de ces hor-
reurs qui la secouaient de frissons, était
demeurée cependant inaccessible à la dis-
traction, figeant une douleur immense en
son être comme pétrifié.

VII

Alors, de longs jours ils demeurèrent au gourbi, Hammam aussi triste que sa fille, s'accroupissant l'un en face de l'autre sans mot dire, des rêveries imprécises cheminant au travers de leurs cerveaux insatisfaits.

Chaque soir, en s'étendant, elle songe à Adda-ould-el-Habib et des larmes du cœur lui montent aux yeux pour ruisseler sur son visage. Elle s'ensommeille en une transe, le corps parcouru de brûlures qui

la hantent, et les yeux fermés, assoupie,
des pleurs coulent encore, tamisant au travers de ses cils, que le père suit avec anxiété,
et elle sommeille ainsi jusqu'au matin
d'un lourd sommeil appesanti aux douleurs.

Cependant, une nuit, elle se dresse sur
son séant, tout inquiétée de mouvements
intérieurs, le regard dilaté, tâchant de perforer les ténèbres. Une étoile marque à la
fente de la tente une lueur glauque. Le
corps entier de la jeune fille s'ébroue d'un
frisson. Elle a rêvé. Adda était là, l'enlaçant, et elle ne peut plus s'allonger au repos, tout son être incité d'un éveil trou-
bleur.

Lentement elle se lève et, avec des pru-
dences de félin, elle marche vers le point
où elle sait son père étendu. S'agenouil-
lant, les sens en acuité, elle écoute long-

temps sa respiration. Il dort profondément.

Alors, Saïda franchit la palissade qui enclôt le gourbi et, se jetant en l'étendue,
l'esprit quêteur, la vue agrandie, elle crie,
dès qu'elle se juge hors de portée, le nom
du bien-aimé : Adda!! Adda!!

Les ondes sonores lui répètent en échos
le nom : Adda!! Adda!! mais pas une forme
d'abord ne contente son désir. Et elle continue sa course insensée, sans fatigue, les
nerfs tout en vibration, l'âme tout en espérances. Adda!! Adda!! répète sa voix qui
se force à mesure.

Glissant presque, touchant à peine la
terre, elle gagne en rampant, en quelque
sorte, la porte ouverte, et, à l'air libre, se
redressant, éployant ses bras sur l'espace,
humant le bonheur tombant de l'éther bleu
en ses poumons compressés, la gorge vi-

brante, elle s'arrête un moment, l'oreille
toujours aux aguets. Une ombre bientôt se
dessine en silhouette haute devant elle, se
marquant sur l'étendue noire en zigzags
fanfarons. L'ombre veut articuler un mot
et lui barre carrément le passage, elle la
poignarde et l'ombre chute lourdement à
terre en un hoquet bouillonnant. C'était
Khaled, son frère, qui, sorti de la tente
voisine, venait disputer sa proie à l'inconnu.

Giaour, le chien aux allures louches de
loup mâtiné de renard vint, léchant la terre
de son corps ployant sous les traînées des
étoiles, flairer le sang épandu et s'ébattit
joyeusement autour d'elle. A voix éteinte,
Saïda lui parle, le caressant, avec des dou-
ceurs forcées, de la main, et le chien, calmé,
regagne le parapet de pierre voisin sur lequel il s'étend au repos, un œil toujours

ouvert, la vue bonne et l'ouïe non en dé-
faut, avec des allures en dessous, tout prêt
à japper aux trousses des Européens qu'il
sait bien deviner, s'il en venait à rôder,
égarés, aux abords du gourbi.

— J'étais là, lui répond bientôt un or-
gane humain.

Et, en délire, ils s'enlacent, se courbent,
s'enroulent l'un à l'autre, se cherchant, tâchant à se mieux comprendre, à se saisir
plus entièrement, les baisers s'accumulant,
se multipliant pour s'exacerber aux morsures.

Et, les corps traversés d'incandescence,
ils se couchent, imprudents, sur des plantes
poussées là au hasard des volontés de la
nature.

Et, le lendemain, au grand soleil levant,
irradiant l'étendue de nimbes fulgurants
qui brisent l'horizon d'éclairs, deux corps

gisaient au creux d'une ornière sauvage,
étendus à ne pouvoir les désenlacer et déjà
presque froids, se broyant les lèvres en des
baisers de marbre.

II

LA GRANDE SIRÈNE

Au jour de sa venue dans le monde, il
faisait grand soleil, et, dans un lointain
comme grandi d'un enveloppement de rêverie par le tamisage des arbres de haute fu-
taie, l'on entendait sonner les appels des
charretiers occupés à la rentrée des foins,
les craquèlements des chariots surchargés,
les vociférations des botteleuses, mêlés à
intervalles de chants et de rires qui arri-
vaient ainsi qu'étouffés dans un prolonge-

ment, le tout saturé, pour ainsi dire, d'un
hahènement de fatigue et de grosses coulées de sueur.

Et l'enfant, Jean-Pierre, sitôt emmailloté,
après un baiser tendre de la mère, fut aussitôt conduit par un ancêtre chenu et têtu
aux baisers frustes des rayons cuisants. Les
yeux nouveau-nés papillotèrent tout inquiets et la face eut des contractions crain-
tives dont le vieillard se divertit en chevrotant du gosier ; puis sous les rideaux
majestueux des arbres toujours verts, aux
effluves étranges, embrumants, doux et
rêches, apaisants et aphrodisiaques, en-
vahissants des sous-bois, à l'éveil du mystère des voûtes enlacées des branchages,
l'enfant s'endormit tandis que précaution-
neux l'aïeul allait à grands pas lents, bal-
lant le petiot de-ci de-là symétriquement,
au mouvement de la marche.

Et Jean-Pierre poussa tout gaillardement
ses premières chairs aux vigoureuses et
ardentes mélopées de la nature, tantôt hurlant ses fureurs qui violemment frappent
comme en rageant les édifices humains,
usant des frondaisons qu'elle ploie à son
désir ainsi que d'un tremplin, venant y
prendre son élan pour se ruer plus rude-
ment, tantôt apathique et pesante, collant
à l'être, le courbant vers la terre qui, bientôt inondée, fleurera bon aux narines sa
saveur détrempée, tantôt toute en gaieté
virevoltant aux alentours en badinage de
brises, en pépiements sourieurs, en pointes
et en jetés-battus, dans un prurit de joie.

Et le garçonnet grandit tout friand des
choses des champs, se mêlant, pour seuls
jeux, aux travaux des campagnes, grave
bonhomme tout fier d'un semblant d'aide
et joyeux d'un compliment sur sa besogne,

sarclant par-ci, fauchant par-là, poussant
la charrue, touchant les bœufs, charroyant
le chariot, tirant la pomme de terre, poussant la brouette, pour se reposer aux basses-
cours aux soins à donner à ses bêtes qu'il
aimait.

Et quand l'adolescent apparut c'était un
rude gars, arc-bouté carrément au terroir
à ne l'en point facilement soulever, un peu
lourd, très sanguin, point élégant mais
superbe, tout en jeunesse, sans tare, ino-
culé d'aucune fadaise, n'ayant cultivé aucune des anesthésies civilisées et vierge
amant inconscient de l'unique nature. Le
front se signalait un peu lourd, large mais
peu élevé, bombé mais fermé à angle droit
sur les côtés.

Et pourtant le regard béatement ouvert
sur les choses se prolongeait comme à l'infini de la création, en une songerie impré-

cise ignorante d'elle-même quand, au hasard des promenades il dévalait un versant
de coteau, gravissait une roche, ascendait
vers un pic ou pénétrait un fourré et le
cerveau, opaque peut-être, charriait confusément en des volutes de mouvements pro-
digieux toutes les envolées étreignantes et
brisantes des gestations constantes de la
nature. Et il jouissait, en une inconscience
qui annulait la faculté d'expression, de tous
ces mouvements au milieu desquels il
vivait, qu'il comprenait pleinement, son
être demeurant adéquat au milieu.

Mais la parenté s'effraya de cette torpeur
du grand rêve, et puis la vanité aux tenta-
cules innombrables brûla de partout les
braves gens. Il était indispensable de s'ingénier à faire du gars, le gars unique,
quelqu'un d'au-dessus de l'ordinaire, et
l'ordinaire c'était eux et l'on décréta de

l'expédier à Paris la grand'ville. Le gars,
consulté, tressaillit de joie. Paris! ce fut
devant ses yeux comme une danse magique
de merveilles innomées et intarissables, le
sommeil le quitta au bonheur survenant
auquel il n'eût osé prétendre; et dans la
veillée lourde, sous les ombres larges des
nuits, ce furent des fantasmagories surna-
turelles qui prirent formes devant son regard engourdi.

Puis un matin sonore, attendu que le
ciel intact précisait toutes choses sous les
fulgurances d'une clarté sans mélange,
tandis que le soleil radieux bruissait sur
les champs tout en irisant les feuillages en
bordures, après un long baiser des yeux et
de tout l'être donné à cette nature dont il
s'arrachait tout de même, le gars solide,
arc-bouté carrément au terroir à ne s'en
point facilement soulever, un peu lourd,

très sanguin, point élégant, mais superbe, tout en jeunesse, de neuf vêtu de pied en cap, un bâton vert cueilli d'une pousse de l'année en main, gaillard réjoui, sauta en un wagon après de multiples caresses de tous et disparut bientôt sous un épais nuage de fumée devant les parents immobiles, muets, attendant, pour s'en retourner la tête basse et les yeux rougissants que la dernière buée floconneuse se fût évaporée à leur perception.

Jean-Pierre atterrit de nuit en la ville adorée. Une petite pluie fine, aperceptible, semblant une gaze qui se meut tombait sans bruit dans un froufroutement, pénétrait les chairs comme des aiguilles pour donner le frisson aux moelles. Il s'ébroua tout en frappant du pied et sauta prestement en voiture pour se faire amener à l'hôtel conseillé aux parents, modique de prix et dans un quartier bon marché comme légèrement excentrique. Jean-Pierre baissa la vitre avec vivacité et les yeux tout exorbités de convoitise ahurie, il regarda. D'abord il s'inquiéta de ne rien voir, le resserrement de l'horizon, l'obligation de concréter ses visions en un espace limité gênait son regard accoutumé aux infinis des lointains sans barrières baignés aux cieux en l'étendue. Mais bientôt il perçut les longs murs enfumés tout moites de suie, lui semblant s'élever jusqu'à l'insaisissable ; les lueurs glauques, falotes plaquées aux trottoirs, irrégulières et surprenantes, l'amusèrent en leurs vibrations curieuses par leurs courses sur les dalles, par leurs brisements intempestifs aux jambes.

Et ce fut une surprise ces silhouettes nombreuses encore qui passaient les unes

comme en une course furieuse, les autres
lentement, scandant le pas, marchant en
une aise satisfaite dans la nuit noire, le
pas ayant deux temps, les jambes molles
mi-ployées; puis un étourdissement d'une
seconde devant une baie grande ouverte,
sorte de bouche de feu, jetant mille lueurs
hors nature; plus loin un engourdissement
de l'oreille à des hurlements criailleurs
vomis d'une sorte d'antre tout empanaché
de papiers bariolés, décolorés, curieux,
juxtaposés, sans règle. A quelques tours de
roues, enfin, son adolescence s'émut d'une
silhouette féminine, plutôt chimère que
vérité, toute gracile, anguleuse, le heurtant
comme d'une laideur, mais gravitant en lui
comme des éveils d'inconnu. Puis il mit
pied à terre devant son hôtel, grimpa, une
inquiétude inanalysable déjà en tout l'être,
les marches minces de l'étroit escalier, et,

comme en un mouvement d'humeur, saisi
d'une humidité plaquée sur tout le corps,
brusquement il se dévêtit et se glissa au
lit où des chevauchées fantastiques agi-
tèrent ses rêves.

Et, dès le lendemain et de longs jours
ensuite, ce furent des ruées sans fatigue en
des courses ininterrompues vers tous les
points de la grand'ville, l'esprit en inquiétude sans cesse, les pas incertains, tâchant
à tout voir et la persuasion inaliénable au
front, d'oublis certains, ce dont il s'irritait.
Une nervosité douloureuse imprégnait déjà
son être; l'atmosphère raréfiée, lourde, l'air
insuffisamment renouvelé, le grand ba-
layage du vent passant à des centaines de
mètres de hauteur pour se couper encore
aux aspérités des cheminées comme aux
dômes ou aux flèches multipliées, tout cela
aidait au surplus à en développer l'inocu-

lation; mais les premiers temps le conser-
vèrent encore en santé, ces soifs de tout
voir le poussaient au mouvement, aux
marches forcées pour, le soir venu, le jeter
brisé au sommeil dès le dîner terminé.
Bientôt pourtant, la ville explorée en tous
ses recoins, la grande sirène, aux multiples
appels, lui cria ses théâtres et il y fréquenta
assidûment, tout émerveillé à chaque visite
nouvelle. Le corps se désépaississait un tantinet déjà à cette vie surchauffée, la cervelle se façonnant à mesure à des idées
factices, contraires à la nature et les sens
en agitation tout d'un coup, au crissement
des robes de soie se brisant en plis crépitants, au craquement du vernis des bottes
légères frappant sur des tapis, ou sur des
marbres, ou sur des asphaltes, ou sur des
dalles comme rebondissantes toujours, sans
danger de s'y engluer, sur ces intermé-

diaires qui leur fardent la terre avec grand soin.

Et la vue nette des choses s'égarant de proche en proche, la vérité de la nature devenant de plus en plus distante, ce furent bientôt l'appétence des soupers, des nuitées prolongées, des lippées chipotées des doigts ou du bout des lèvres aux flamboiements opaques et tout en brûlures des lustres, et Jean-Pierre, construit de naïvetés, impréparé aux luttes à soutenir contre les désirs par l'insoupçonné des désirs, le cœur frais et l'être vierge, simplement dispos aux exaltations, se plongea sans retenue, par sa nature même, à l'assoiffement frelaté de ces existences meurtrissantes.

Et le corps s'étiola et la face s'émacia et l'ensemble se désalourdit et les joues creuses, un jour, au hasard d'une glace, il fut tout heureux de constater qu'on lui disait vrai en lui affirmant qu'il s'affinait.

Puis ce fut la femme, et sans défense aucune, ce fut la femme de Paris, celle qui
englue au lieu et place de la terre introu-
vable qui l'étreignit, et ce furent ces fumées
de pourriture spéciale éclosant aux crevasses des pavés de la grande sirène, ces
êtres sans cœur, sans âme, sans entrailles,
sans emballement, nés dans l'orgie par
l'orgie, du vice et par le vice, fermentant
et germant au sein de l'ordure, incapables
de foi amoureuse, occupés uniquement de
gain et qui, imbus tout uniment de per-
versité, croient utile de proposer tout de
suite des perversités pour mieux aguicher les volontés et se mieux cramponner
à la bourse.

Et bientôt Jean-Pierre, incapable de cal-
cul et de raisonnement, s'ouvrant à la passion en pleine santé, succomba sous le

fouet énervant des excitations se proposant
sans retour et s'étendit au lit, la poitrine
sabrée de foyers brûlants, la bouche sèche,
les yeux caves, le corps effrité.

Un an ou deux avaient suffi à le broyer
aux bras terribles de la grande sirène. Les
parents accoururent, prévenus, et le médecin radicalement affirma la transplanta-
tion seule utile et indispensable, la reprise
par le terroir nécessaire.

Jean-Pierre fit convoyer son lit près de
la fenêtre étroite d'où il apercevait des toi-
tures en quantités surmontées du spécial
boisement des cheminées. Se penchant, il
vit le bitume où la pluie tombante versait
ses coulées noirâtres; il ouvrit la fenêtre et
la senteur falsifiée des odeurs viciantes lui
monta au cerveau, s'infiltra en ses veines,
s'insinua à ses pensers et il refusa net de
partir.

Une huitaine après, il était mort, et l'ancêtre qui jadis le berçait, pleurant agenouillé à son chevet, montrait le poing à la
grand'ville et criait, en hoquets ininterrom-
pus : Mégère, mégère !

III

LA NUIT SANGLANTE

Ils étaient las tous deux, mais de cette
bonne lassitude qui sème en tout le corps
des exquises moiteurs.

Elle, la chevelure dénouée s'épandant en
coulées de jais sur les épaules pour enve-
lopper, jalouse, les ondulations de nacre
rosée de la taille, s'était posée sur le lit
assise, les pieds loin de terre s'enroulant
en un voluptueux croisement qui moulait

plus saillants les contours arrondis des
jambes. Les coudes levés, étirant ses join-
tures en délicieuses paresses, ses mains se
joignirent à la nuque, sous l'ondée enté-
nébrée des tresses, cambrant les reins,
pointant les seins en frémissements, tout
le corps se modelant impeccable au frisson
qui le parcourt, et, la tête ployée tendrement en arrière en une houle alanguie du
cou, les yeux battus aux ivresses vécues,
elle tend vers lui sa bouche délicatement
plissée en une irritante moue toute quê-
teuse de baisers.

Lui, comme hynoptisé, étouffant ses pas,
sans hâte mais la lippe avide, s'achemine
lentement vers la baie rougie de désir aux
appétences étranges et, de l'ardente pesée
de ses lèvres, fait sombrer en souplesse,
tout amolli, cet être chéri aux pâles fraîcheurs des draps.

En un geste lent aux suaves noncha-
lances, elle saisit un livre errant à sa portée
et le feuillette en des mouvements alourdis
du bout d'un stylet finement travaillé qui
marque le point de stagnation de son
attention. Bientôt, la main s'affala, moel-
leuse, au long du corps, et le livre tomba
d'un bruit étouffé au parquet. Elle sommeillait le front irradié des joies cueillies, un
sourire divin de caresses et d'appels montant des commissures des lèvres pour errer
en la totalité de la face.

La chambre, de proportions étroites, était
entièrement tendue d'une étoffe, rappelée
plus épaisse aux rideaux de la fenêtre, au
fond de verdure passée, rehaussé d'ara-
besques vieil or s'allant mourir au plan-
cher dans l'uni d'un tapis d'un rouge éteint
et foncé couvrant toute la pièce. D'un ren-
foncement de fausse alcôve le lit jaillissait

mi-partie emboîté, mi-partie dégagé sur ses
deux flancs, avec, aguichant les reflets, ses
bois encombrés de moulures s'épanouis-
sant à la tête en une large et haute plaque
aux figurines de chimères pour se sur-
monter aux pieds de colonnettes torses
tronquées, fichées de globes pointus au
sommet. Des chaises et des fauteuils aux
hauts dossiers jetaient l'éclat terni de vieux
cuirs de Cordoue, et quelques meubles
d'antiquaille se profilaient harmonieusement sur cet ensemble assombri, tout res-
serré, tout étouffé, anxieux d'intimité et
d'éloignement qu'une lumière appendue au
plafond du léger encastrement emplissait
du mystère de ses lueurs incertaines, hési-
tantes et falotes, accrochées timidement
aux choses pour s'y abandonner un instant
en des étirements curieux et se replier
aussitôt pour s'immerger aux ténèbres.

Lui, lourdement avachi sur un siège, les mains serrées à plat entre les genoux, le regard imprécis, écouta comme en un bercement langoureux l'invariée mélopée lancinante de la respiration de l'endormie emmêlant aux bruits vagues, montant en sourdes incohérences des rues, la capiteuse monotonie de ses flux et reflux qui meuvent la poitrine en des oscillations charmeuses ardant tout d'abord les sinuosités des courbes, puis détaillant gentiment les fosses. Et, le front tout embrumé des plaisances passées, il fixait immobile son attention émerveillée sur l'exquisité de ce tableau où les tons se variaient à chaque instant sous le souple battement des chairs, en des minutes rapides, tout son corps exténué en éveil, ébroué encore de spasmes d'inassouvi.

Lors, l'œil plus attentif, traversé d'éclairs,

bien lentement, avec des haltes fréquentes
d'extases, il s'abîma dans une contemplation haletante du chef-d'œuvre gisant
assoupi devant lui, plus ensorceleur dans
l'apathique abandon d'une énergie anéantie aux étreintes. Il suivit, sans voiles, le
contour des pieds mignons, de ces pieds
tout frétillants sous la jupe qui font cra-
quer la botte en des crissements évo-
cateurs, maintenant au repos, nus, livrant
leur forme menue en ces polis d'ivoire
veinés d'un bleu discret, tamisant les trans-
parences de la peau, qui s'irise de roseurs
timides aux extrémités des doigts et au
moulé délicieux du talon, où prend naissance la cheville tout en finesse, s'évidant
en pente douce comme pour tenter la main.
Puis, c'est la rapide envolée des jambes
fuselées se côtoyant parallèles avec le
charme intense de leurs lignes onduleuses,

blanches à en surprendre, un peu graciles,
élégantes, nées, se longeant toutes deux en
parfaite symétrie pour se rosir tendrement
dans l'impétueux baiser des genoux qui
les unit en une courbe si ingénument gra-
cieuse, toute de prime-saut, délicieusement
gauche, chantant la pudeur qui enclôt tout
en disant les enserrements fiévreux auxquels elle invite. Puis, la caresse des
genoux passée, c'est les sinuosités eni-
vrantes de la coupe d'amour, se forgeant aux
dessins d'un crayon génial, de lignes peu à
peu élargies, prenant de l'ampleur sans
hâte, profilant des rondeurs merveilleuses
qui encerclent le trésor des désirs convoi-
teurs, défendu encore par l'exquise montée
du bassin, empilant en contreforts des
masses neigeuses. Après, c'est le vallonne-
ment appeleur de la taille, marquant la
place voulue des enlacements voluptueux,

s'insinuant enveloppeurs pour ravir à soi
tout un être ; après encore, c'est la chose
unique au monde d'où la femme se divinise,
le buste s'évasant tendrement vers les épaules et enfouissant au mystère des seins
toutes les houles des passions, des désirs,
des espoirs, des pitiés, des grandeurs, des
joies et des souffrances, la vie entière en
somme, subissant tous les chocs de plaisances ou de tristesses et en témoignant
dans le remous attachant de la gorge, cré-
pitante comme la sève, mugissante ainsi
que la vague, où la bouche rêve de s'enliser aux pâmoisons. Enfin, c'est les atta-
ches délicates du cou, parcouru de coulées
d'ambre, passant comme par foulées, où la
tête vient s'enraciner, la tête disant toute
la personne, mouvant son âme, criant son
cœur, permettant à l'amant de lire l'être
interne.

Un silence envahisseur disait l'arrêt de toute la vie au dehors. La lumière lentement se mourait épuisée, plus blafarde à mesure, piquant sa lueur glauque de quelques scintillements blancs jetés par la lune malicieusement au travers des tentures.

Lui, restait immobile, le corps en avant, penché dans une attention fascinée, les yeux hagards, ouverts démesurément dans le bistre épais les enroulant en ses hachures de passion surlassée et de passion rappelée. Etourdi comme par un coup au cerveau, la fièvre aux joues, il pensa l'empoigner toute à l'en broyer, et ses dents heurtèrent grinçantes les unes contre les autres comme en une soif de morsures. Mais le calme sourire de la face et l'affaissement tranquille inapeuré de tout l'être le conquit à l'apaisement de la volonté constante de son cœur de ne rien ravir en violence, mais

de tout attendre du don consenti de soi ; et
il demeura.

Cependant, les heures s'égrenaient en la
nuit, chacune expirant doucement dans
l'embrasement d'une étoile, la mourant
avec elle, et, timidement, le jour pointa,
jetant sur le monde des traînées de blancheurs plutôt que de lueurs, précisant les
contours des maisons en arêtes vives, la-
vant en quelque façon les rues de ses
pâleurs mates, tandis que sur le ciel inco-
lore encore s'écrasaient quelques bulles
légères de nuages rosâtres. Bientôt, au lointain, un pas sonna clair, frappant avec
intensité dans l'étendue muette, répercuté
aux échos, semblant à lui seul toute la vie ;
puis ce furent les appels à l'éveil des coqs
matineux déchirant les airs ; et, doucement, avec des précautions infinies, des
retenues peureuses, des retraites subites

suivies de tentatives nouvelles, des traits
de lumière crue s'immiscèrent aux join-
tures des rideaux, profitant des écarts légers,
se glissant amincis par les fentes, jiclant
sous les fenêtres, insolents et prudents tout
à la fois.

Lui, toujours à la même place, avait la
face creusée, couturée de rictus d'éreinte-
ment sous un enveloppement blême. La tête
brûlait de l'outrance de la veillée, les nerfs
s'inquiétaient inconscients et crépitants. La
journée à son aube lui glissa un frisson en
tout l'être ; attentif, gêné, il suivit mécon-
tent les traces du jour naissant et son
front en ébullition remua aussitôt les ter-
reurs des amours jalouses : son trésor rencontré de tous, côtoyé de tous, admiré des
délicats, détaillé des impudents, livré aux
conversations, aux discussions, aux suppu-
tations ; cet ensemble exquis à tous, pour

tous, ce visage étreint aux désirs surgis à
foison sous ses pas, ces yeux brûlant des
sangs, ce corps évoluant la volupté, ce tout à
tous et rien qui lui permît d'enchâsser se-
crètement en des tendresses uniques ces
modulations harmonieuses.

D'un bond, il fut sur ses pieds, les jarrets
convulsivement tendus, la face exorbitée,
les yeux pleins de traînées sanguines, et,
longuement, il reparcourut pas à pas, avec
des lenteurs cherchées, des arrêts complaisants, des balbutiements d'ardeur, des sac-
cades de gestes aussitôt réprimées, les
uniques splendeurs sous ses regards jetés ;
de ses lèvres enfiévrées, imperceptiblement, s'étant agenouillé, il glana des baisers choisis ; puis, sous un effort effrayant
de volonté, tout son corps se rejeta en
arrière, mais pour mieux revenir, sous des
poussées d'envies folles, brutal, vers la

couche sanctifiée par la beauté, en main le stylet rencontré sous ses doigts, et, bestial, stupide, égaré, ignorant, d'un poing courroucé il enfonça le fer au cœur de l'adorée.

Dégrisé aussitôt l'acte accompli, les nerfs distendus, il s'affala en pleurs, sanglotant. Les veines, en flots pressés, chassaient le sang avec la vie et ses larmes abondantes se mêlèrent aux rouges bouillonnements.

Elle, roidie du coup, avait cessé le flux capricieux des seins, et, se décolorant lentement, gardait figé en soi, comme au sommeil, le sourire divin des caresses et des appels, montant des commissures des lèvres pour irradier la totalité de la face.

IV

BANALITÉ

Une femme, charmante entre toutes et belle à en rêver était éperdument aimée de deux hommes. Ces choses-là se voient.

Elle, l'esprit assez imprécis et le cœur léger, avait pensé à fixer son choix. Enfant et volage comme toute femme, inconsciemment libertine, elle eût certes voulu arrêter son impression ; mais malgré qu'elle en eût, emportée par le vent qui passait, sa

8

tête s'envolait sans y songer à la suite des
amabilités présentes, et, grisée aux paroles
d'amour qui berçaient sa coquetterie, elle
glissait sous l'entraînement des caresses
de la voix et du geste momentanément en-
veloppeuses, infidèle sans arrière-pensée,
comme sans méchanceté aucune, heureuse
de se voir admirée et choyée, fière de sa
splendeur, soucieuse d'y voir souscrire,
frissonnante aux réalités des admirations,
sans résistance contre les effusions volup-
tueuses qui s'enroulaient à son être, la cap-
tivaient en entier, embaumant son cerveau
et irritant ses sens en l'éveil. Souventes
fois l'esprit rassis et esseulée elle se re-
prochait l'incertitude de sa volonté, se
gourmandait sur l'insaisissable volubilité
de son cœur, et, désireuse de se mieux
conduire, elle s'ingéniait à des pensées
d'affection où tout son être effritait sa vo-.

lonté. En son esprit, faible et chancelant,
les deux hommes alors se coudoyaient, se
heurtaient, se nuisaient, se faisaient obs-
tacle, ou même aidaient à se mettre en
valeur avec leurs qualités diverses; et, incapable de se faire une loi, soucieuse déjà
des rides qui plissaient son front sous l'effort d'attention, curieuse de ne point paraître moins souhaitable, vexée au besoin
du combat dont elle entretenait son moi
aux dépens de sa mine, dans un frémisse-
ment de rage, les yeux exorbités, les mé-
nottes serrées et les dents crissant, elle
envoyait au diable, l'un comme l'autre, ses
deux amoureux pour abandonner avec souplesse, comme sous un rythme, sa tête
lassée aux duvets des coussins moelleux;
puis tout son corps ondulait, comme an-
nelé, pour s'étendre paresseusement aux
largeurs appelantes de sa chaise longue et,

s'étendant serpentine sur le meuble, les
yeux mi-clos, le cerveau sans pensée, heureuse stupidement d'un vague indéfini, le
rêve s'emparait d'elle pour la conduire à
l'aventure, par les chemins les plus osés,
comme les plus invraisemblables et les
plus radieux, vers des splendeurs immenses
où l'or rutilait en fleuve, où des perles
gouttaient en pluies, où des gemmes de
rubis, de chrisocales et d'émeraudes fluaient
et refluaient à son entour, où les craquèlements des soies, des satins, des velours et
des broderies concertaient à son oreille, le
tout occupé d'irradier son corps splendide
et de la produire en valeur.

Les deux hommes, cependant, s'inquiétaient individuellement l'un de l'autre.
Tous deux avaient de l'honneur au plus
haut point, c'est-à-dire de celui qui est
sobre de mots et de preuves vociférées,

mais indiscutable chez tous. Tous deux
avaient une passion profonde, de celles qui
conduisent aux agenouillements recueillis
pour baiser les ongles roses de l'aimée en
dévotion, mais qui se rehausse brutale et
hurle de douleur lacérée de pointes de feu,
harcelantes et perdurantes au seul soupçon
du partage.

Presque au même jour, comme d'une
égale volonté, ils se résolurent à vider le
débat. Et bien décidés tous les deux, con-
fiants en l'honneur l'un de l'autre, ils souhai-
tèrent presque à la même minute se rencontrer, ce qui les fit se joindre pour ainsi
dire à heure fixe.

Un éclair brilla dans le regard croisé
qu'ils échangèrent, éclatant comme un contact de lames. Il y avait de part et d'autre
de la fureur, de la hauteur et de l'estime
aussi; si bien que sans proférer une me-

nace, les lèvres closes jusque-là, le front
volontaire et la mine simplement hardie :

— A demain, n'est-ce pas? dit l'un.

— A demain, répondit l'autre.

— A l'épée, c'est plus noble.

— A l'épée.

— Où cela?

— Où vous voudrez. Laissons agir les
témoins.

Et, brusquement, ils se quittèrent ayant
l'un et l'autre dans la main comme un
mouvement incalculé d'estime qui semblait dire un serrement de cordialité.

Sur le pré, robustes tous les deux, ils se
comportèrent en vaillants, mettant comme
une prudence à éviter les feintises qui sur-
prennent et déroutent, les laissant aux
couards tortueux de pensée et d'actes, s'a-
bordant noblement, presque aux armes
courtoises, pour s'ingénier à ne point faire

abus d'un avantage provenu du hasard.
Mais ils s'attaquèrent vigoureusement, se
forant de coups droits, battant le fer de
coupés et de dégagés pour se sentir conti-
nuellement l'épée en prime ou en tierce, et
longuement le combat dura, les adversaires
campés fermes sur les jarrets, se souciant
à peine de rompre, l'adversaire ne marchant
pas pour ainsi dire, la pose immobile
presque.

Puis, à une minute, au moment du tâ-
tement du fer où les yeux s'interrogeant
et le poignet sensible on tâche à deviner
les recherches du partenaire, tous deux
se fendirent, les deux armes coulant l'une
le long de l'autre en un crépitement qui,
sous le soleil naissant, fit jaillir des pail-
lettes de feu, et les deux hommes, le pou-
mon perforé, tombèrent raides, sans un
mot, sans un geste, les yeux virevoltant un

peu quelques secondes encore, pour s'a-
ternir dans l'immobilité glauque de la
mort.

Elle, prévenue par une âme charitable,
n'avait point négligé de paraître à ce sacri-
fice. Mais le cerveau enromantisé comme
il sied, très chevaleresque, et sa nature
foncièrement comédienne, chaleureuse-
ment chatouillée en tout l'être d'une barbarie dont elle était la cause, peu inquiète
malgré tout grâce à un modernisme au bon
ton sceptique, elle s'était de toutes pièces
composé un rôle superbe en un drame où
elle ne devinait qu'une comédie émouvante
et force était bien à sa beauté, pour y figu-
rer à son rang, de se parer au mieux qui lui
était loisible. Aussi la toilette fut longue
et longs les colifichets à préférer qui éme-
rillonnent le teint en lui faisant un cadre
et insaisissables les fleurs utiles à se ficher

au corsage, ni trop en deuil, ni trop gaies,
bien en situation, penchant vers la douleur
mais toutes prêtes à rayonner d'une bonne
senteur de joie.

Et, quand elle advint, tout venait de se
terminer. Presque idiote, ne voulant comprendre, elle se précipita d'un médecin vers
l'autre, scrutant la face de ses amoureux
sans mouvement. Une larme pensa ascendre
à ses paupières qui battaient, elle eut conscience de la rougeur de ses paupières, et se
redressant vivement, elle jeta une fleur à
l'un comme à l'autre pour précipitamment
regagner sa voiture sous la voussure des
bois où pépiaient des oiseaux en folie.

Le soir même elle accueillit un amoureux moins brave que les autres effarou-
chaient et qui timidement se produisit ce
soir-là, en développant d'amoureuses palabres, et la nuitée fut douce au pauvre

timide auquel, froidement, comme elle en avait coutume crainte de détériorer sa splendeur, elle offrit ses charmes à baiser en effusions mesurées.

V

UN AMOUREUX TRANSI

Jean Mugle avait, tout son temps d'école,
servi de risées aux jeunes gens de sa géné-
ration, non pas des risées méchantes, veni-
meuses, se glissant en dessous avec l'intention de blesser, mais des risées joyeuses,
s'abandonnant, aux grosses plaisanteries,
grasses à l'occasion, éclatant bonnement,
sans façon, avec une tape amicale à l'épaule.
Au demeurant, Jean Mugle les acceptait

comme sans rien y comprendre, gêné sans
doute de leurs bruyantes expressions, mais
inintelligent à en préciser distinctement les
motifs, et, doucement, d'une voix timbrée
de métal, pleine des assouplissements des
caresses, il répétait, sans forfanterie aucune : « C'est que je ne suis pas comme
les autres ! c'est que je ne suis pas comme
les autres ! » d'où nouvelles explosions de
gorges chaudes.

On le plaisantait, en somme, de sa discrétion aux choses d'amour et de la politesse
maladroite qu'il gardait involontairement
envers les vierges folles comme devant
toute femme rencontrée. On le qualifiait
de talon-rouge, tout en devinant bien
qu'une ignorance simple lui imposait ces
allures. Et pourtant, s'il causait, très instruit, la tête fortement meublée, se haus-
sant aux considérations les plus élevées, il

scrutait parfois le vice, le raillant avec
amertume en des aperçus qui sentaient
une connaissance entière de ce qu'il pouvait produire. La tête savait tout si l'être
demeurait intact, et l'on ne s'en amusait
que davantage, surprenant avec délices des
erreurs de détails qui avouaient l'absence
de pratique, tout le monde mis en liesse à
cette certitude de côtoyer un grand garçon
de vingt-cinq ans, pas poseur, n'hésitant
pas à tenir compagnie aux camarades, acceptant même, au besoin, sans grimaces,
sa place en des festins de bonne fortune,
qui restait indemne du péché commun. Si,
d'aventure, on vantait sa force de volonté,
il se défendait d'en avoir plus que certains ;
mais il expliquait son cas par un goût inné
qui l'écartait des fréquentations banales et
de tout le monde, par répugnance. Il lan-
çait même ces mots avec une netteté d'in-

nocence brutale qui, plus d'une fois, lui
attira de vertes ripostes aux verbes salis-
sants de demoiselles dont la vertu absente
regimbait sous le coup de fouet. Les camarades, alors, s'interposaient vivement, affirmant avec la sincérité la plus absolue qu'il
était le meilleur garçon du monde, inhabile à songer seulement à égratigner, et,
lui-même, tout confus, s'excusait d'un prurit de langage avec des nuances de formes
exquises, parfumées de toutes les senteurs
de la bienséance et de la galanterie chevaleresque.

Et, pourtant, c'était un gaillard de haute
taille que Jean Mugle. Fortement campé
sur des jambes d'acier, toutes saillissantes
de muscles, la poitrine bombée, les épaules
larges, tout le corps donnant une impression de force, il ne s'affinait qu'à la tête
dont l'ovale allongé s'émaciait aux joues

plates juste à point pour ne pas faire creux,
le front large abritant des yeux grands de
myope, tout ronds, qui s'abattaient béatement aux choses sans les voir. Et c'était
curieux de saisir sa silhouette déambulant
par la ville dans un bourlinguement imper-
ceptible des hanches, le pas lourd, alangui,
moelleux presque, comme d'un voluptueux
que toutes les sensations de la nature im-
prègnent, tandis que la tête amincie du
penseur se tenait ployant légèrement en
arrière, les yeux occupés dans le vague,
toujours attardés, semblait-il, en quelque
rêve aux nues.

Fatalement, l'épreuve d'amour devait
être terrible à cet organisme où la vi-
gueur et les délicatesses, pétries ensemble,
fusionnaient comme en un long baiser
d'harmonie.

Un soir, comme au passage, le père d'un

de ses camarades le pria à le venir visiter
et lui jeta par-dessus l'épaule, en quelque
façon, une invitation à une petite soirée
donnée par lui. Jean se récusa sur sa
crainte du monde et son désir bien affirmé
de n'y point fréquenter. Le père en question insista avec beaucoup de bienveillance
et, très doucement, avec une familiarité de
bon aloi, il ajouta même : « Mon cher garçon, je prise plus que personne vos qualités dont j'ai été instruit par la renommée,
je n'y vois qu'une preuve de haut caractère ;
mais, cependant, il ne faut point les exa-
gérer à la misanthropie qui sent la vanité
de fort loin et pousse à la sécheresse de
cœur. Mêlez-vous un peu à nous, ce nous
sera un grand plaisir et ce ne peut que
vous faire du bien. La continence absolue
toucherait au vice, retenez-le. »

Le ton était de tout repos, l'accent était

engageant; Jean Mugle céda, presque par convenance.

C'était une de ces soirées de petite bourgeoisie où se succèdent au piano à tour de rôle, avec une affectation de bonne volonté, toutes les amies de la maison. Le salon trop étroit s'élargit, pour l'occasion, de la suppression des portes de communication, quelques chaises louées au plus près multiplient les sièges, tranchant anormalement de leur vernis neuf et de leurs formes particulières en désaccord avec le mobilier de céans, des appliques sentant l'hôtel meublé viennent permettre de renforcer le nombre des bougies et les tentures drapées à nouveau avec des intentions bêtes de symétrie, complètent un décor qui crie son apprêt et proclame le labeur de tous, assidu tout un jour au résultat à obtenir. Dans ce cadre, trop de monde immédiatement, dès la pre-

mière heure, des hommes entassés aux
baies des portes, faisant masse de plas-
trons blancs et d'habits noirs de coupes
toutes différentes et pour la plupart de
modes passées et les femmes exagérées en
toilettes, minaudant avec affectation, des
paroles inutiles aux lèvres, gênées légèrement de robes inusitées, et la jeunesse au
centre de toute cette foule, rayonnante et
joyeuse, se débridant un peu sans façon, à
la bonne franquette, tournoyant pour le
plaisir de tourner, sans y penser, tout heureuse d'un plaisir auquel les menus moyens
des parents ne la convient que rarement.

Jean Mugle se taisait en ce milieu, blotti
dans un coin, tout dépaysé, gauche, tâchant
à se distraire d'une réflexion que les bruits
ambiants lui rompaient à tout instant, exigeant des efforts répétés de son cerveau
pour s'ingénier à la reprendre, quand, tout

à coup, il eut le regard frappé comme d'une vision.

En un coin du salon, derrière le piano, sur une chaise dissimulée à son abri, en une pénombre discrète, une jeune fille demeurait silencieuse en songerie. Un teint surprenant de blonde, rosé délicatement sur des pâleurs liliales, s'encadrait d'une lourde chevelure noire qui tombait le long du cou aux épaules en plusieurs torsades venant mourir au devant du corsage. Le front large et haut, découvert, couronnait fièrement deux yeux de jais brillants à enflammer, tandis que la lèvre, un peu forte en chair, bien dessinée, marquait en la physionomie une vibration de bonté. Calme, semblant rechercher l'inaperçu, les pieds un peu croisés l'un sur l'autre, les doigts joints, elle se tenait droite, immobile presque, regardant avec fixité les déroulements

fous des couples sautillant à son entour.
On eût dit d'une figuration de la rêverie.

Jean Mugle sentit comme une moiteur le
pénétrer généralement ; puis, ce fut une
coulée brûlante épandue en tous ses membres : il chancela, devinant une sueur froide
perlant à son front. Il se raidit, se secoua,
reprit son aplomb, vainquit l'assaut ; mais,
petit à petit, sans y penser sûrement, inconscient à n'en pas douter des matéria-
lités de son acte, mu à son insu, porté par
une puissance plus forte que sa réflexion,
lentement, sans y paraître, il s'approcha à
pas mesurés vers l'enfant qui somnolait sa
songerie, et se trouva assis auprès d'elle
incontinent. Le craquement involontaire de
sa chaise éveilla l'ensommeillée. Un regard
les fit se pénétrer; ils demeurèrent les yeux
dans les yeux, incapables de s'abstraire de
leur vue respective, liés par un fluide qui

s'insinuait résolument en leurs êtres. Jean Mugle se rapprocha sans même le savoir, et, très simple :

— A quoi pensiez-vous, mademoiselle?

— Je vous attendais.

— Vous me connaissez donc?

— Non, mais je viens de vous voir, de vous comprendre. Vous devez être monsieur Jean Mugle.

— Je le suis en effet.

Et la soirée se passa pour eux en une conversation pleine d'abandons charmeurs qui leur parut se terminer trop tôt. Ils communièrent en idées, abordant les sujets les plus divers, passant des arts à la philosophie, examinant les sociétés pour s'attarder à des vues d'ensemble sur les manières de vivre, tout joyeux de se saisir en accord de façons de voir, émus à s'en rendre compte, s'approuvant du regard, se

réjouissant du cœur, s'applaudissant au
plus profond de leur être et joints à tout
jamais de l'union irréparable des âmes
quand l'heure du départ eut sonné. Ils
s'en convainquirent à un déchirement
réciproque qu'ils s'avouèrent timidement.

Quelques amis, soucieux toujours, un
tantinet pour s'en gaudir, des actions de
Jean Mugle, s'étaient aperçus du manège.
On en avait souri avec discrétion, se con-
certant pour ne point effaroucher le tête-
à-tête afin d'en mieux noter les péripéties
et, au lendemain, chacun lui en fit la remarque.

— Ne parlez jamais de cela, dit sévèrement Jean Mugle.

— C'est donc sérieux.

— Très sérieux.

— Nous autres qui croyions à un flir-
tage.

— Je ne sais pas ce que c'est.

— Alors, demande-la en mariage, ha-
sarda quelqu'un.

— Je ne puis.

— Et pourquoi ? Tes études vont être
finies ; tu es le rêve d'une famille.

— Vous croyez ?

— Oui, dirent-ils tous en chœur.

Le soir même, Jean Mugle fit sa demande.
On lui permit d'abord d'espérer ; puis, au
bout de quelques jours, on lui refusa net.
C'est que la tristesse et la sobriété constantes de Jean Mugle partaient d'une de ces
marques saignantes de l'enfance, inscrites
au cerveau comme en tout l'être et dont ne
se dégage jamais l'homme de cœur. Son
père s'était tué dans une crise peu expli-
cable, à la suite de revers de fortune assez
noircis par l'immense négation de charité
des sociétés. La famille s'était effrayée.

Jean Mugle, la mort en l'âme, s'effaça noblement, sans une minute d'hésitation, ju-
geant que le meilleur pour permettre à la
jeune fille de se reprendre d'une émotion
vive était de s'interdire carrément de lui
faciliter une nouvelle rencontre. Et elle, la
famille — désireuse d'ébrouer cet amour
naissant en fusées aux quatre vents du ciel,
— la traîna partout pour l'étourdir, multipliant les plaisirs sous ses pas. L'enfant,
noble au degré suprême, s'ingénia à ne
point faire de douleur aux siens, et, se
figeant aux lèvres un sourire de commande, toujours alerte, acceptant tous les
efforts faits pour la distraire, se laissa
traîner, sans mot dire, aux stupidités des
fêtes, gardant le souvenir enfoui en son
âme, le voilant aux regards inclairvoyants
de ses parents.

Jean Mugle ne s'était point interdit de

l'apercevoir; et, comme il en vivait uniquement, ce furent des habiletés prodi-
gieuses pour se trouver sur sa route, dissimulé, des diplomaties de paroles et d'actes
pour parvenir à connaître les endroits où
elle devait aller, des levers de plans perpé-
tuels pour se préciser le lieu le plus pro-
pice à s'y dérober, des ingéniosités étranges
d'esprit pour trouver les plus directes
approches tout en demeurant aperceptible.

Au demeurant, tous ces efforts l'inquié-
tant perpétuellement d'une nervosité fé-
brile l'annihilèrent sans tarder, et il se
sentit promptement envahi d'une lassitude
non du cœur mais de tout le corps Un soir
encore, toute son énergie ramassée, il courut sur ses pas. Elle allait au bal. Il la vit
entrer, puis sous la froidure qui dévelop-
pait comme un manteau de glace, il demeura des heures accoté à un pilier, le

regard fatalement attiré au point précis
où elle avait posé les pieds, attendant sa
sortie.

Il la suivit jusqu'à sa demeure, l'y vit
pénétrer, et, tout à coup, les fenêtres s'é-
clairèrent en tremblotant, comme un oiseau qui bat des ailes, d'une lueur blafarde. Un banc se trouvait face à la porte;
harassé, il vint lourdement s'y poser, les
yeux restant grands ouverts vers la croisée.
Il la sentit bientôt grincer, puis tirée pour
s'ouvrir; vitement il s'abrita d'un arbre.
Elle apparut, et, contemplant lentement,
bien lentement, il s'agenouilla. Puis la vision disparue, il regagna le banc. Alors,
curieusement, éloigné de toute pensée
malsaine, mais avec l'intime désir de se
repaître de son charme le plus qu'il lui
serait possible, il suivit hagard, la vue
exorbitée, toutes les phases du dévêtisse-

ment, la bouche par instants secouée en des
balbutiements d'adoration. La lumière s'é-
teignit : il frissonna de tous ses membres
et l'impression du froid coula comme en
ruissellement glacé sur tout son corps.

Il voulut se lever ; mais s'abattit de nouveau sur le banc, épuisé, et une somnolence
puissante l'étreignant, il s'étendit endormi.

Le ciel, d'un gris bleuâtre tamisé de
roseurs insensibles presque, s'ouvrit tout à
coup sous une bise légère qui bientôt piqua
aux arbres décharnés des flocons de neige
errants ; puis un vent plus fort tourbillonna
en tourmente des flocons tombant plus
nombreux, plus drus, plus denses, qui,
après s'être posés tout d'abord à terre en
impalpables astérisques aussitôt fondus,
prirent vivement racine au terrain, s'y en-
tassèrent et le couvrirent d'un grandiose
manteau blanc.

Jean Mugle anesthésié de froid ne sentit
rien, et, appesanti au sommeil qui vous
assomme de toutes les fatigues passées, il
demeura sans un mouvement, enlisé bientôt en la neige qui l'ensevelissait lentement. Au matin, il était inerte

Un gai soleil d'hiver tout pâle, mais tout
vibrant comme un lever de malade, scin-
tillait au firmament. La fenêtre s'ouvrit
pour lui souhaiter la bienvenue, et, sans le
vouloir, les yeux de l'enfant s'attachèrent
sur ce banc où la neige sculptait comme
une vague forme humaine. Les tempes
enserrées subitement comme en un étau,
d'un mouvement de nerfs elle fut près du
banc et, délicatement, chassant la neige du
visage, elle reconnut Jean Mugle. Ses
genoux frappèrent à terre inconsciemment
et des larmes chaudes, brûlantes, coupées
aux hoquets des sanglots, ruisselèrent sur

le corps roidi. Une minute les yeux s'ouvrirent. Reprise à l'espoir, elle lui parla en caresses. Le front fit un effort pour se hausser, la bouche s'agita, puis l'inertie reprit pour ne plus cesser.

Le père de l'enfant accourait tout effrayé, inquiet, et, dans sa crainte pour sa fille, d'un ton brutal :

— Que fais-tu là ? lui dit-il.

— Je suis veuve, répondit-elle, en se redressant pour étouffer sous ses pleurs.

Et, de fait, l'enfant toute jeunette ne se rencontre plus qu'en deuil, portant sa toilette bordée de crêpe, non pas en jeune fille, mais avec des affectations de petite femme dans la recherche des formes et des modes.

VI

HALLUCINATION

Ils s'étaient aimés tous deux, en l'infini
d'un rêve les berçant en des lancinements
exquis de passion sans cesse éveillée. Ils
avaient vécu enroulés, joints de cœur et
de corps, dans ce remous haletant perpétuellement d'une affection vibrant de toutes
les insaisissables parcelles de leurs êtres.
De l'existence ils avaient fait deux parts :
la mauvaise, celle que la nécessité, les

besoins, les devoirs ou les obligations con-
sacraient à l'extérieur, aux autres ; l'autre,
la bonne, celle où seuls, s'imprégnant l'un
de l'autre, se distillant d'adoration intense,
ils s'aimaient à l'abri des profanes. Leur
amour, volontairement et involontairement
tout ensemble, vivait comme embrumé
d'imaginations, jaillies avec des apparences
de nuages tout éclairés de tendresses en
bordure ; c'était quelque chose de hors de
terre, émouvant et grandiose, qui luisait
incompris des masses, mais échappant
aussi à leurs lâches compressions : ces délices indicibles défiaient la raison et la stu-
péfiaient.

Puis l'enfant, belle et rieuse, disparut
subitement, emportée en une nuit dans un
grand vent de bourrasque aux souffles trop
brutaux, telle une fleur se meurt aux enlacements fous des tourbillons d'orage : ce

fut peut-être le flot toujours en désir et
toujours croissant de la passion qui les tenait inconsidérément joints de cœur et de
corps qui la brisa à la grève à l'y ensevelir.

Il avait bu son dernier sourire et sa dernière haleine expirant en ses lèvres, puis il
était tombé roide. Quand il se releva, la
réalité se précisant bien horrible en son
front, minutieusement il écarta les essais
de consolations, comme les affirmations de
partage de douleurs, et obligeant à ce qu'on
le laissât en solitude, il demeura muet,
immobile presque devant la tant aimée,
s'ingéniant à s'infiltrer le plus possible
d'elle-même, s'emplissant les yeux de son
image et les sens de sa beauté, souhaitant
en cet ultime tête-à-tête capter au passage,
pour l'enlever aux caresses, son âme subtile, et jusqu'à la minute décevante du
retour forcé à la terre, il monta autour de

10

l'être chéri la garde de leur inexprimable
union les faisant éternellement joints de
cœur et de corps.

Il marcha froid et calme le douloureux
calvaire de la conduite au cimetière. Pâle,
les yeux exorbités, fichés indistraits sur la
bière brinquéballant devant lui, il alla à
pas saccadés, tout le corps comme figé en
marbre, sans un pleur, sans un geste, très
digne, voilant sa souffrance profonde à tous
les yeux, la refrénant jalousement, heurté
seulement d'une violente secousse interne
au cahot de la route qui secouait le cer-
cueil, et sentant grossir en lui le navrement de ne la pouvoir tenir en ses bras,
jointe à lui de cœur et de corps, pour lui
atténuer ces soubresauts dont il enrageait.

La cérémonie terminée, indistinctement
il éloigna de lui les offres de soulagement
comme les recherches pour l'entourer, ainsi

que les stupides volontés parlant de l'é-
tourdir. Il défendit nerveusement un esseu-
lement tant convoité pour s'y noyer de
larmes enfin au souvenir charmeusement
affolant de la morte.

Un long temps ensuite, il demeura
comme sans pensées ; un vide absolu semblait s'être fait en lui, le crâne et les membres subissant cette impression invrai-
semblable à tous ceux qui ne l'ont point
ressentie, de machines creusées sans rien
à l'intérieur. Il ne sut même pas très nettement s'il la pleurait, il vaguait dans un
embrumement attristé, certes, mais indécis
de tout son être. Puis, une douleur aiguë
le remit en vie normalement, la sensation
de tout son cœur saignant, arraché. Il s'ou-
blia à nouveau, avec joie même par instants
en de folles courses au travers des heures
vécues, tâchant à se bien remémorer les

faits, leur insufflant une existence nouvelle
par une recherche de précision en leurs
mouvements comme en leurs formes, égarant souventefois son espoir à attendre
une venue que l'heure du cadran, accoutumée à ne point tromper, disait prochaine,
toujours la pensée d'elle, accrochée en son
être de tous les filaments de son cœur.

Puis, à chaque heure presque, la douleur
se mut plus aguichante, pénétrant aux
chairs ses brûlants regrets. Il s'inquiéta de
la soulager, non de la rejeter en des ébats
utiles, de la submerger, mais de la satis-
faire en s'ingéniant à l'attirer le plus
proche possible de l'objet qui l'engendrait.
Ce furent des stations agenouillées sur la
tombe, distraites aux semis choisis des
fleurs les plus suaves et surtout les plus
préférées, et ce fut comme une jouissance
matérielle, mais l'esprit criait insatisfait. Les

jours entiers et les nuits passées à suivre,
comme en fascination, les images de
l'aimée, traits par traits, lignes par lignes,
à les baiser toutes soigneusement, avec des
câlineries d'âme, au point d'en faire renaître un frisson moite au corps et un res-
souvenir de contact, furent encore sans con-
tenter le cerveau. Il pensa à s'éprendre du
magnétisme, irradié à l'idée de pouvoir
reprendre par lui à la terre et aux limbes
goulues quelques contours de l'être adorée ;
mais l'empirisme, fait d'habileté et de trucs,
ne sut rien donner aux cris vrais d'un amour
immesuré et le malheureux, tout grelottant
de peine, le corps brisé et l'âme en lambeaux, déchiquetée, renonçait à l'espérance
d'une caresse d'outre-tombe quand, sans
conviction, tout harcelé de doutes, mais par
besoin de se reprocher une non tentative,
il songea aux joies que les fervents dé-

couvrent aux pratiques de leur culte. Alors
se forçant à la foi, poussant peu à peu à
grands renforts de violence l'exaltation de
son crâne, insinuant en son être entier une
coulée brûlante de religieuses ardeurs, il
courut aux églises en quête d'une montée
de rêve non décevant.

Les voûtes aux profondeurs d'ombres,
aux vastitudes étranges, s'élevant tout à
coup en fusées de flamboyant, pour se
briser en ramifications d'ogives, multipliant
les songeries, et s'auréoler en surprises de
rosaces, l'étonnèrent d'une impression
d'écrasement grandiose et, sans y penser,
il sentit fléchir ses membres aux agenouillements, tandis que la tête ployée en arrière,
haussait le front aux envolées des nefs.

Dans sa souffrance, le corps lâche, misé-
reux, il s'était, depuis plusieurs jours,
abstenu presque de nourriture, dégoûté de

s'occuper à s'alimenter la vie, plus soucieux
de s'inquiéter d'elle toujours, en rêveries,
puisque ce ne pouvait être en matière ; et
peu à peu, la chair manquant de nutrition,
insatisfaite, s'était débilitée, privée, laissant de ce fait même le cerveau dispos aux
envahissements des imaginations teintées
d'invraisemblances, poussant à tout instant
des brindilles étranges, flamboyant de feux,
prenant des proportions effrayantes dans
l'emmagasinement perpétuel de toute la
force restante en lui, phénomène constant
de l'effervescence du crâne, centre de la
matière nerveuse, sur un corps émacié aux
pratiques ascétiques.

Les orgues rugissaient foudroyantes et
plaintives tour à tour, grondeuses ou frémissantes de pitié, enveloppant d'abord de
leurs harmonies les voûtes en leur ensemble,
pour leur faire gravir ensuite les sommets

le long des balustres, les arrêtant aux cor-
niches, pour les relancer plus haut, plus
haut encore, toujours plus haut, jusqu'aux
vitraux des ogives. L'encens énervé les
accompagnait de son souffle embaumeur
lourd et têtu ; lui se tenait, agenouillé en
prières folles, le regard perdu de pensées,
ayant devant soi la lampe sacrée qui brillait
de tous les ors brûlants de son métal poli.
Inséparables, ses yeux se nouaient à cet
objet. L'ampleur des sons et le piquant des
parfums remuant tous ses nerfs, surtendus
ne parvenaient à détacher sa vue des ru-
tilances du flambeau et longuement il resta
là, inanimé presque, en extase, y persistant
même après la cessation de tous bruits, de
tout son et de tout parfum.

La nuit tombait lentement en lourdes
masses d'ombres, chassant les frémissements ensoleillés des rosaces, sous les

opaques ténèbres où s'enlisaient les arêtes
vives des architraves, des entablements
fondus en un empâtement. Mais la lampe
du sanctuaire, œil de feu toujours veillant
le tabernacle, luisait, peu vive encore sous
l'ombre, à tout, en l'espace tendu, et lui,
l'amant violemment sevré de son amante,
les yeux agrandis, brillants d'une lueur
surhumaine, vit s'éployer au-dessus de
l'autel, plus belle que jamais, mais toute
ressemblante, bien en vie, exquisement
délicieuse, l'image nimbée d'au-delà de la
douce adorée qui lui souriait charmeuse,
irisée d'un éclat paradisiaque.

Il étendit les bras et un grand cri troubla
le silence des chapelles. Un desservant
attiré lui jeta rapidement : « Comment,
vous êtes encore là, mais on va fermer, il
faut sortir tout de suite, dépêchez-vous »,
et le poussa vers l'issue. Et automatique-

ment il se laissa pousser, le regard toujours
fixé, halluciné, voyant devant ses pas
l'image de l'adorée divinisée qui se tenait
permanente. Sans réflexion il gagna les
quais et doucement il s'accouda, pour s'imprégner mieux de la vision, aux parapets
d'un pont. Au miroitement des eaux, son
regard se fixa, repris d'arrêt total. La ville
s'allumait, des taches jaunâtres plaquées
aux côtés de l'eau serpentante au lointain,
espacées d'abord, se rapprochant de plus
en plus en l'éloignement pour se trouver
presque accotées, comme pour enserrer davantage à mesure l'eau clapotante au bas,
des lueurs fauves, s'épandaient incertaines
sur la rivière, l'injectant de traînées aux
curieuses fulgurances, où se réfléchissaient
des ombres en quantité.

Son regard, de plus en plus lié à ce miroir mouvant, y revit la vision d'antan

toujours souriante, toujours idéalement désirable. Sa tête se courba, les lèvres palpi-
tantes, quêteuses en un appel encore
humide de désir ; les bras s'ouvraient, le
corps se penchant ; tout l'esprit s'entraîna
vers l'image rêvée, idéalement désirable,
la vision d'antan toujours souriante. Un
claquement résonna, suivi d'un bouillon-
nement des eaux, aussitôt refermées en
rideaux souples et discrets et l'air retentit
d'un cri répété, angoissé : « Un homme qui
se noie, un homme qui se noie ! »

VII

LA VEILLÉE DES JOUETS

Les deux mains emprisonnées, à plat, entre les rotules serrées énergiquement, la ligne des jambes se profilant serpentine au travers de la jupe, arrondie d'abord, développée et courbe, pour s'effiler ensuite en dégradation lente jusqu'à la commissure des genoux, Agathe, l'œil triste, la paupière tombante, lasse, regardait sans les voir les deux derniers tisons qui crépitaient, avec des reprises d'effort, dans l'âtre béant.

La chambre était toute petite : un lit d'acajou plaqué, une table minuscule, une commode à boutons cuivrés servant de toilette, deux ou trois chaises de paille à dossier cannelé ; et sur la cheminée des babioles à bon marché en grande quantité d'où émergeait, dans un cadre luxueux, un portrait de fillette. Mais, chaque objet soigné, rangé, et costumé en quelque sorte au mieux de son genre, dénotait la femme propre, soucieuse d'elle-même, encore pleine de cette coquetterie digne de tout éloge, faite du besoin d'être seyante et de paraître belle aux regards.

À intervalles rapprochés, tout le corps d'Agathe ondulait dans un frisson, et le cou se renversant dans une inclinaison souple, ses yeux se fixaient ardemment sur le cadre ; parfois même une larme filtrait qui s'attardait luisante à l'extrémité des cils.

Et, du dehors, montait le bruit sourd de
la foule houleuse, se bousculant, dans des
mouvements de roulis, sur le pavé, au travers des boutiques en planches semées au
hasard, différentes de forme, primitives et
sans harmonie, jetées là comme par mé-
garde et bariolées de réclames criardes. Par
instants des éclats soudains traversaient
l'air, bruyants appels de chalands ou notes
fraîches de bambins égayés, traînées de
perles giclées sur l'azur; et Agathe, plus
affolée à mesure, avait des révoltes de geste
qui faisaient saillir l'harmonie de sa beauté
taillée en pleine chair.

Cependant, le jour lentement disparais-
sait et la clarté légère d'une après-midi
ensoleillée d'hiver faisait place à une nappe
un peu terne, un peu opaque, vraie grisaille pointillée de scintillement, au travers

de laquelle se poussait péniblement la
lueur glauque de la lune.

Et le flux bruissant des rues, loin de
s'apaiser, s'accumulait de plus en plus en
vagues massives et renflées. L'électricité
blanche et rougeâtre éclatait dans les airs,
tandis que le gaz, mièvre à côté, comme
dominé et soumis, laissait tomber, vers les
couches inférieures, sa lumière jaune et
falote. Puis, de-ci, de-là, sur les trottoirs,
les lampions des baraques projetaient des
plaques éclairées, compressibles et fuyantes
se brisant le long des jambes des passants,
tandis que les détaillants glapissaient, en
rivalisant d'intonations fausses, leurs cris
de guerre, destinés à accrocher au passage
l'attention des badauds.

A milieu de tout ce fouillis bourgeois,
s'émerveillant à haute voix, et s'épatant sur
la place les jambes écartées et la physiono-

mie heureuse, quelques rares viveurs
étaient perdus, heureux, pour un jour, de
flairer le vice hypocrite et spécial des clas-
ses moyennes, jaloux de comprendre quelque énervement, quelque désir de secouer
le joug pour, au besoin, en profiter.

Guy de Précastel était de ce nombre.
C'était un homme usé déjà, ayant loin derrière lui sa jeunesse, et par suite éloigné
désormais de cette chose belle, louable,
grandiose, la volupté; mais affriandé de
polissonnerie, en quête d'excitations frin-
gantes, d'épices, fut-ce pour dissimuler le
faisandement, ayant besoin de l'appétance
particulière de l'éhonterie et de l'impudicité
choquante, même poussée jusqu'au disgra-
cieux.

— Décidément toutes les femmes se va-
lent, se dit-il, et pas une n'a du montant.
Et il quitta les alentours de l'Opéra où se

pavanent l'œil ouvert sur la tenue des gens,
tâchant à scruter leurs bourses, les mar-
chandes d'amour figées en des attitudes de
marquises gourmées, pour se noyer, en dévalant, dans l'étendue aux recoins obscurs
de l'avenue de l'Opéra.

Tout à coup, il eut un sursaut de tout le
corps et, ralentissant sa marche, il s'avança
dans le noir de l'ombre à pas prudents,
l'œil démesurément agrandi, ingénié à mieux
saisir l'objectif dont il était plein.

Agathe était là. Imprécisément éhontée,
elle déambulait bourlinguant des hanches ;
les pieds frappaient menu le sol, comme
en un craquelement, la jupe mi-troussée se
balançait en un rais de lumière, gauche-
ment provocante, incertaine d'allure, appe-
leuse et timide tout à la fois, solliciteuse et
repliée sur elle-même, gardant en tout soi
comme une excuse qui donnait à son impu-

deur plus de cachet et plus de retenue.

Guy de Précastel, en connaisseur, jaugea l'aubaine et s'affirma une recrue. Son existence de viveur s'électrisa du désir de conquérir en premier une timidité et soudainement en un élan il s'approcha d'Agathe.

Celle-ci était résolue, sa combinaison aboutissait; elle tenait à réussir, et les yeux baissés en une hésitation balbutiante des lèvres elle marchanda, la croupe provocante, tentant de plus obtenir.

Et bientôt le couple ascendit, une chandelle clignotante aux mains, les six étages menant au maigre coucher de la pauvre fille.

La chair était belle et le fruit parut nouveau à ce palais blasé. En une minute l'œuvre malsaine fut consommée en des brutalités stupides, sans recherches, sans ces exquis riens dont l'affection vraie se compose, sans ces alternatives délicates de l'offre et de la demande, tout en sursaut, et Agathe hébêtée, stupide, animalisée devant l'œuvre à laquelle elle s'était résolue, s'offrit sans discuter.

Et de Précastel, les tempes battant la charge, la lèvre bavante, l'œil grisé, la cervelle absente s'abêtit au sommeil lourd, tandis que Agathe, les poings serrés sur des yeux gros de larmes, étouffant des hoquets de sanglots pour préserver un assoupissement dont elle avait besoin, suivait les paupières rougies d'un cercle brûlant de désespoir les mouvements des ténèbres sur le carreau des vitres.

Les heures lui parurent insondables de mystérieuses lenteurs et des énervements s'emparaient de tout son corps qui éveillaient des stupeurs devant son être sali. Puis des blancheurs s'épandirent aux ri-

deaux de basse cretonne et tout à coup des
roseurs imperceptibles pointèrent à la fenêtre et puis comme un éblouissement de
clartés dorées de quelques premiers feux,
et alors, précautionneuse, retenant son
haleine, avalant sa respiration, s'ingéniant
à humer le moindre bruit de sa personne,
elle se leva l'œil inquiet toujours fixant son
compagnon, s'habilla en une hâte, se mit
d'aplomb en un bout de glace traînant sur
la cheminée, se fagotta de quelques tapes
et, happant presque le louis d'or déposé sur
la commode, sortit comme en une glissade
pour dévaler ensuite, insoucieuse du bruit,
en un vertige sonore, les escaliers.

La porte franchie, elle huma l'air, les
narines dilatées, puis secouant sa nuque,
désireuse de demeurer irréfléchie, elle passa
comme une flèche au travers des rues,
bousculant presque les rares promeneurs,

et s'établit devant une boutique de jouets,
accaparant, furieuse, tous ceux qui lui
plaisaient.

Puis toujours folle, une brassée d'objets entre les bras, elle héla une voiture,
donna une adresse, et toute joyeuse, instal-
lée sur les coussins, se répéta à maintes
reprises, à mi-voix : « Toi aussi, fillette,
toi aussi, fillette, tu auras des jouets. »

Cependant de Précastel s'éveillait la
bouche pâteuse, et tout ahuri de se découvrir seul, s'épongeait lentement et lourdement s'habillait pour, ses vêtements passés,
se conduire les jambes molles au bain, tout
en se répétant : « Encore une bêtise, mon
vieux, encore une bêtise. »

Mais ce jour-là une fillette de plus se ré-
jouit d'un Noël merveilleux, d'autant plus
qu'elle le prévoyait moins.

VIII

BOUDDHISME

Longuement il l'avait aimée d'une de ces
amours absorbantes, affolantes et qui stupéfiait le cerveau, au point de l'annihiler,
passion envahissante à toutes minutes,
s'inoculant aux veines ramifiées, pour inon-
der tout l'être en intoxication qui le meut
en inconscience : longuement il l'avait
aimée comme d'une amour née de toujours,
hors du temps et de l'espace.

Cette affection, comme il advient constamment, était insaisissable en son essence et en ses origines. Car s'il est banalement admis que sur soi-même l'on demeure dans l'imprécision à cet égard, il serait de plus haute vérité encore de préjuger que les scrutateurs de sens rassis multiplient à leur entour les causes d'erreurs, par la nature même de leurs analyses qui s'ingénient aux déductions logiques en des matières où le prime-saut bouscule toutes les règles véritables en des poussées furieuses d'illogisme. Aussi semble-t-il délicat de nier le coup de foudre ou d'y croire uniquement, s'il est absurde d'en sourire; la minute propre de l'intrusion d'une passion étant infinitésimale d'abord, et puis son éclat au grand jour de la conscience n'aboutissant peut-être qu'après d'interminables infiltrations très variées de formes

et d'influences, les unes procédant toutes
du sujet lui-même, d'autres semblant
comme des migrations lentes et latentes de
différents désirs provenus de points divers
et qui, un jour inattendu, apparaissent
concentrés en un être particulier, ainsi
qu'en un faisceau concourant à une perfection d'ensemble.

Or le domaine de l'inconscient ne nous
appartient pas et n'est pas perceptible à nos
yeux humains, quelle que soit l'acuité de
leur volition, et pourtant il nous accapare,
nous englobe, nous gêne, nous charme,
nous trouble, nous séduit ou nous agace; et
nous n'attribuons, sous la révolte de nos
sens orgueilleux mais trop faibles, ces
diverses excitations à aucunes causes, alors
qu'elles sont multiples et variées à l'indéfini, mais ne peuvent être que soupçonnées
de notre raisonnement en état de santé

complète, de libre propos et de juste équi-
libre.

Lui se trouvait contaminé de l'âme à la
chair, des sens aux pensées, par cet amour
dont seul il s'inquiétait. Il poursuivait son
existence en une négligence de toutes
choses, une inaptitude à toutes choses, qui
le rejetaient quand même aux lancinements
vaguement douloureux du sentiment, qui
seul lui demeurait. Les relations des êtres
et des choses, en dehors de cela, apparais-
saient comme lui échappant, et il se ballot-
tait dans la vie, telle une barque bousculée
de récifs en récifs, rejetée d'une côte à
l'autre, qui n'en aurait subi aucun heurt,
ni souffert d'aucune avarie et qui, le cap
bien exactement mis quand même sur le
point d'arrivée, eût négligé à l'égal de mes-
quines insignifiances tous ces à-coups de sa
route. Même physiquement, il en était

arrivé à surprendre les humanités quelconques que l'on coudoie inévitablement.
Le regard grand ouvert fascinait presque
de fixité étrange et ne percevait rien, le
corps insensible se laissait bousculer, re-
bondissant en quelque façon dans la mêlée,
mais non touché fût-ce d'une violente bourrade ; et le pas, malgré cela, très égal toujours, rythmé presque mathématiquement,
se reprenait vite à sa marche très simple,
très molle, mais très mesurée.

Et l'enfant mutine aux lèvres rouges, aux
dents découvertes, croquantes et belles,
aux yeux rieurs par des pupilles bleuâtres
traversées de rayons mouvants, aux mèches
folâtres virevoltant en torsades légères à
l'entour de la tête petite comme celle d'un
moineau piailleur pour venir mourir comme
des pointes de soleil sur une nuque de lait,
sans un frisson, s'amusait résolument du

fantasque qu'elle nommait son adorateur
non sans en être flattée, mais dont elle se
gaudissait à en jeter des vibrances de voix
exquises sous d'admirables mouvances de ses
seins menus et délicieusement provocants.

L'homme semblait ne point même conce-
voir cette attitude, loin de s'en montrer
touché, alors que souventes fois pourtant,
le ricanement lui était parti tout proche, à
lui en éclabousser le visage. Et d'ailleurs,
afin qu'il n'en ignorât point, la petite infâme qui promenait de beaux messieurs
fringants et insolents dans les remous de sa
jupe de forme immédiatement si délicieuse,
sinueuse et pleine par le baiser de son corps
tout gentelet, ne négligeait point de le dési-
gner aux risées crissantes de ses amis dont
elle conduisait le chœur, en attaquant d'un
rire sonore, jiclant des perles aux plafon-
nements.

Et ceci se présentait constamment, c'est-
à-dire chaque fois qu'elle daignait se laisser
approcher par lui, ce qui signifie les instants où elle désirait se divertir follement;
et lui s'approchait toujours du même pas,
invariablement égal pour la regarder en
extase, idolâtrement béat, pour se retirer
de même presque sur un geste d'elle, la
démarche nonchalamment égale, suivi des
éclairs de sa gaieté qu'il percevait comme
un charme continu, sans même entendre
les masses bourdonnantes qui reprenaient
à l'unisson, paraissant ne pas même avoir
remarqué la présence de ces corps, tant il
abstrayait de toute chose l'aimée, le seul
être existant à ses regards prévenus et em-
pris.

Et c'en était arrivé à exaspérer profondément même les êtres imbus de quelque
hauteur de sensation, les mâles capables

des pensées mâles. On eût souhaité quelque
révolte, on eût voulu quelque colère, on
eût compris quelques brutalités, s'il l'eût
fallu, on attendait le cri, le hurlement de
la bête traquée, taquinée, lardée de bande-
roles et se ruant de douleur. On espérait
des violences, on attendait quelque surprise
houleuse terrible, un corps à corps rageur,
un empoignement exacerbé, quelque chose
enfin qui eût prouvé la vitalité de cet amour
curieux et certain par l'exactitude et la perdurée de ses manifestations.

Et toujours le mouvement désiré demeurait aux limbes ; on ne percevait même
point le moindre crépitement de sève as-
cendante pouvant faire prévoir l'éclosion,
et le dolent se retirait toujours, la tête légèrement hochante comme sous un rêve trop
pesant à sa cervelle enlisée et l'on se déso-
lait — les bienveillants qui eussent compris

le heurt — à supposer ou une faiblesse
croissante de la peine où un état aigu, re-
doutable, devant se conclure en maladie
impardonnable, terrassante et broyante.

Et pourtant de longs jours se succédaient
de la sorte, le malheureux énamouré déta-
chant de lui peu à peu jusqu'à la pitié pour
ascendre vitement au ridicule; et bientôt,
quand la cruelle, de sa voix argentine si
pressante qui semblait une corde en vibration tout proche de se briser clamait en un
pouffement : — Vrai Dieu! Il est par trop
bête, — le chœur, toujours assidu au sillage
mousseux et capricieux de la belle, reprenait avec elle : — Il est par trop bête, vrai
Dieu!!

Et l'enfantelet gaiement passait sa vie
de caresses en caresses, vendant très cher
aux uns ses lèvres à baiser, prodiguant à
d'autres, pour le plaisir, son corps souple

et nerveux, à en pâmer. Et bientôt même
en enfant volontaire et gâté, elle en arriva
à se dégoûter de son hochet qu'elle rejeta
tout à fait, bien décidément, n'ayant plus
souci presque de le regarder, l'évitant très
réellement en peu de temps, non sans
quelque moue méprisante sur la face, plis-
sant les narines et les lèvres adorable-
ment.

Et de longs jours s'écoulèrent sans qu'il
pût atteindre jusqu'à elle, puis, même sans
qu'il la découvrît; et, si la marche continuait à ambuler sans hâte en un pas rythmique, cadencé presque automatiquement,
égal et sans heurt, la tête se précipitait
fréquemment en des gestes d'espoir et les
yeux s'exorbitaient comme en une convoitise, tâchant à perforer les foules ou à pro-
longer la vision aux lointains les plus
invraisemblables, pour s'apaiser tout à

coup comme meurtris, et la tête se penchait
pour dissimuler vers la terre les larmes
qui gravitaient aux paupières.

Et le pauvre loqueteux d'amour s'épan-
dait de plus en plus emmi les foules où
bruissaient les élégances et les joies, guidé
par ses espérances qui aiguisaient son
flair.

Et ainsi, tout penaud, il gagna un jour de
grande fête, quelque mardi-gras ou quelque
soirée de réveillon, et parmi les chalands
glapissant leurs merveilles à deux sous, où
les déballeurs jetaient en des hoquets vi-
neux des calembours pour attirer les regards
sur leur étal grossi, on ne sait à quel méfait,
il bourlingua ballotté.

Les baraques jetaient des feux multicolores qui tachaient le ciel ordurièrement
pour cacher les étoiles, tandis que des senteurs de fritures âcres et de pâtisseries lour-

des tirebouchonnaient en fumées vers les
arbres dont elles voilaient les soupirs par-
fumés tout en empuantant leurs verdures
gênées en leur développement.

Tout à coup une élégante calèche, d'où
les éclats de voix partaient criailleurs et
jeunes, déboucha sous une ruée de lumière
oxhydrique. L'amant intact reconnut la
bien-aimée, depuis de longs jours perdue
pour sa vision, ses jambes lourdement flé-
chirent, mais bien volontairement, la tête
sembla se pencher et le corps parut bien
faire un effort très réel et très calculé pour
s'allonger bien à plat, les jambes étendues,
les bras en avant, la face contre terre, et les
chevaux au petit trot passèrent, et les
roues craquèrent sur le corps qui craqua
sans qu'une plainte humaine fût entendue.

Des cris pourtant partirent de la voiture ;
la foule en branle hurla, jappa, tonitrua et

les invectives se mêlèrent aux pleurniche-
ries vieillotes.

La voiture stoppa. Sous un effet nerveux,
le corps tout meurtri, l'épine dorsale
broyée, se redressa d'un bond automatique
et comme fantastique en une silhouette
osseuse ; la mine verte se dessina dans le
noir de la nuit, fantasmagorique. Les deux
mains brusquement se collèrent aux lèvres
en la posture du baiser que l'on envoie, et
le corps harassé retomba en arrière, les
doigts toujours aux lèvres, les yeux tour-
nés vers l'enfantelet qui blêmit.

Comme le bouddhiste en fanatisme, il
avait péri sous les roues de la déesse !

———————

IX

UNE NUIT D'IMPÉRIA

Elle avait nom Marton, mais on la dénom-
mait Impéria à cause de la majesté superbe
de sa haute taille élancée, semblant faire
une indulgence au monde d'alentour en
daignant apparaître sous le casque brûlant
de ses cheveux d'or vrai, semés d'éclairs et
de rayons variés comme si tous les feux du
soleil s'y fussent emprisonnés en s'y plongeant voluptueusement à tour de rôle sous
leurs diverses apparences ; aussi, par le

fait de l'étrange hauteur de sa physionomie
où le nez aux narines relevées en courbes
imperceptiblement rosées marquait l'impérieux dédain et reliait le front volontaire
par un arc admirablement audacieux. Et
pourtant, les yeux d'aigue-marine, avec des
troubles de teintes surprenants, avaient
dans l'imprécis de leurs tonalités mouvantes des câlineries angoissantes, parcourant les ensembles sans se poser
nulle part, mais envoûtant inconsciemment
les personnalités agissantes au point de les
en gêner, fût-ce d'un frisson ou d'un besoin
invincible de reprise de soi-même, lors
même que c'eût été sous un sentiment de
rebuffade ; et aussi la taille qui se cerclait
nettement au-dessus de hanches façonnées
à en rêver, pour s'épanouir délicieusement comme un bouquet harmonieusement
disposé en le buste, avait, en minutes

rapides, des ondulements inquiétants, et de
savoureuses houles qui semblaient un flux
et reflux tout prêt à happer l'âme pour
l'enliser ensuite aux remous des flots chantant la mélopée irrésistible des sens. Et
puis, tout à coup, le mirage en quelque
façon stoppait sans prévenir pour arrêter
les lignes de l'être entier en des apparences
figées, immuables, où les yeux aussi bien
que l'individu intime, s'éloignant de toute
perception, demeuraient insensibles à tout
contact, s'écartaient de toute sensation,
se matérialisaient en inertie complète, non
celle du rêve, dont le voyage se devine au
vague qu'il communique à la physionomie
sur laquelle il se traduit au moins par un
ensemble d'absorption indéfini, mais bien
par une sorte de total mutisme de l'individu en tant qu'être impulsif, sensible ou
simplement raison.

Alors, il importait peu de tenter des démarches auprès d'Imperia, de s'ingénier à d'habiles travaux d'approche ou de se cabrer en des amabilités, fussent-elles spirituelles ou adorables ; l'impolitesse la plus flagrante ne gênait point sa non-possibilité de vivre. Elle était matière toute et matière sans un mouvement. Et quand, d'aucuns, la minute passée, se hasardaient à la questionner sur ce qui avait pu se passer en elle à ce moment, s'il lui plaisait ne point répondre par une hostilité faite pour écarter les importuns, elle était très sincère en affirmant qu'il lui eût été impossible d'en rien dire, n'ayant rien senti ni rien voulu. C'était purement des retraits de vie complète, absolument caractérisés.

Et cependant, de tous les côtés, les regards s'acharnaient à suivre le moindre de ses mouvements, les plus indifférents se

déclarant émus à sa rencontre et gênés
tout au moins vis-à-vis de leur scepti-
cisme de bon ton ; les galants estimant
une gloire de pouvoir piquer un sourire ou
bien quelques mots à leurs trophées de
conquêtes ; les passionnés sentant bruire en
leurs veines toute la furie de la passion en
halètement, tout de suite en fusion et
prête aux équipées fougueuses ; les naïfs
s'absorbant en une contemplation, qui en
leur creusant les paupières, en blêmissant
leurs joues, en faisant hennir leurs narines,
s'infiltrait jusqu'à l'âme, jusqu'au cœur,
jusqu'au moi le plus caché, pour les
gagner presque à des pâmoisons dont il
fallait ensuite s'abstraire par énergie per-
sonnelle ou d'amitiés.

Lui la vit un jour passer proche lui au
hasard d'une rencontre banale. Mais ce soir-
là, elle était en gaieté ; ayant eu la fantaisie

de rire, elle s'était jointe à quelques joyeux
compères qui haussés, on le sentait, du pilo-
tage de cette notoire splendeur, devenaient
sous son désir des fous grandiloquents, en
trouvaille de joie, en activité de grivoiserie,
en verve de cet atout les classant aux yeux
de la noce brouillonne qui tourbillonne
constamment sa valse de mort au cœur
de la grand'ville.

Son regard se ficha sur elle à ne s'en plus
pouvoir détourner et tout d'abord elle ne le
vit même pas. Longuement il demeura stupidement foulé dans son sillage, tandis que,
ignorante, elle poursuivait sa marche au
centre des rires et des devis plaisants, conduisant elle-même la ronde des drôleries
sans rien dérober à la superbe de ses attitudes.

Sous une hantise, sans doute, se sentant
pénétrer de foyers cuisants sans cesse en

arrêt sur sa beauté, elle se détourna et,
avec une moue hautaine presque, elle posa
ses yeux, qui se teintèrent étrangement, sur
l'inconnu. Puis elle détourna la tête. Mais
elle était en humeur de fantaisie, et une
pensée folle envahit son cerveau : elle, la
possédée de soi-même au degré suprême,
elle, qui distribuait des grâces minutieusement, prudemment, en comptant, espaçant
chacune d'elles avec raisonnement, adjoin-
dre à ses adorateurs façonnés à son sans-
gêne un amoureux profond, tel que la face
du poursuivant ne lui permettait pas de
douter qu'il le fût.

Sans précaution aucune, avec une irrévé-
rence magistrale, pour bien marquer, sans
doute, son indépendance, elle congédia sa
suite sans lui donner lieu de répliquer, et
puis, passant tout aussitôt tout près de lui,
à voix basse, mais avec des sonorités de

cordes qui chantent, dans le timbre, elle lui
souffla au visage, en une haleine tiède, perceptible pour lui seul :

— Vous m'aimez, vous, nous nous rever-
rons !

Et puis se fondit dans la foule pour y
disparaître ainsi qu'une vision fantômale,
laissant le pauvre hère tout désemparé,
l'être tout embrumé de nuages rutilants de
lueurs et tout ensemble densés d'obscurité;
mais le cœur macéré d'incertitudes et de
désirs, l'âme en lambeaux chassant des
espoirs fous capables d'irradier plusieurs
existences exigeantes, endolorie à en crier et
ravie à se croire aux cieux.

Et malgré des recherches habilement
combinées, il demeura des semaines
entières sans parvenir à la pouvoir retrouver, pour, un jour, en un simple tournant
de rue, se rencontrer face à face avec elle.

Elle fit mine de l'éviter. Il l'aborda. Alors,
avec sur la face, dans le rictus des lèvres,
la froideur au regard, comme un cynisme
voulu :

— Je sais qui vous êtes, mon pauvre
petit, et je ne puis être à vous. Je vous rui-
nerais. Vous n'avez pas la résistance de fortune qu'il me faut.

Et hêlant une voiture, elle fila, le quittant sous le coup d'une humiliation qui
disputa bientôt en son être entre la méchanceté féroce d'un être sans cœur ou la charité délicieuse d'une bonne fille gâtée
outrancièrement.

Alors pris à l'âme plus encore, et la fatalité l'enracinant de plus en plus en une
passion qui se faisait impérieux besoin, il
ne s'inquiéta plus que de façonner la demeure de la reine, de la madone, de l'aimée
et de l'indispensable ; et, d'un goût très sûr,

avec des soucis d'art, des volontés de surprise pour elle, des intentions, des charmes
répétés à soulever à chaque pas, comme
sous chaque geste, le besoin de faire naître
les sens au contentement, de les ouvrir à la
joie, il construisit sans compter, réalisant
tout son avoir, profitant de son crédit, uti-
lisant ses relations, le nid du rêve où les
pensées s'y accoudant se semblent trans-
portées hors de terre, loin du monde pré-
sent, en une folie d'au-delà et d'époques
reculées toutes chaudes de caresses susur-
rantes au lointain des âges.

Et le lieu disposé avec lenteur, une fois
au point, ce furent de nouvelles courses au
travers de Paris en quête de la proie pour
qui l'appât était prêt, à sa grandeur et à sa
fantaisie.

Quand il la vit, il l'aborda.

— Je vous ai fait comprendre...

— J'ai tout prévu et je suis prêt.

— Une nuit seulement alors !... Je hais les chaînes...

— Une nuit si vous voulez.

Elle promit pour le lendemain et tint parole.

Une surprise inouïe colora tout de suite sa face et ce fut gaminement presque qu'elle dépêcha à se défaire de ses bottes pour imprégner ses pieds aux fourrures épaisses, et des larmes perlèrent aux yeux inquiets de l'amant qui tremblait; elle se pencha pour les baiser. Alors jalousement, avec des retards de dévotion et des extases contemplatives, il la dévêtit, la parant à mesure d'un diadème de chrysocales, de lapis et d'émeraudes sertis en un argent patiné avec des ombres exquises, d'un collier de perles simplement reliées d'un fil d'or invisible au cou, de bracelets serpen-

tins aux bras et de lourds anneaux aux poignets ; il lui encercla la taille à nu d'une
ceinture, tombant au devant, d'un ruban
soyeux martelé de pierres multicolores où
couraient des gemmes de diamants et aux
chevilles il disposa de lourds anneaux
pareils à ceux des poignets ; et radieuse, le
corps impérieusement dessiné d'une ligne
impeccable, il l'admira ; et ce fut elle qui
s'offrit, se sentant vaincue quand même par
cette ferveur insurmontable.

Au matin, quand elle parla de fuir, il
gémit ; mais elle démontra des nécessités
absolues et il n'exigea qu'une chose : la re-
vêtir lui-même de ses propres mains sur ses
ornements mêmes, sans qu'elle en défît un
seul ; et elle partit les joues en feu des derniers baisers, les doigts discrètement posés
aux lèvres toutes meurtries de brûlures.

Demeuré seul, il prit des papiers, sortit

des billets de banque et, le front réfléchi,
tombant en ses mains toutes moites de
fièvre et traversées comme de laves en
fusion, il s'attabla à faire ses comptes.

Bientôt on sonna et trois ou quatre messieurs fort élégamment vêtus se présen-
tèrent à lui. Il leur partagea les sommes
jetées sur la table.

— Ce n'est pas notre compte, dirent-ils.

— Je ne puis davantage.

Comme un grognement latent secoua
tous leurs êtres.

— Il nous faut payer et tout de suite, dit
l'un d'eux, pour les autres ; car nous savons
votre situation. On s'instruit dans le com-
merce. Vous avez liquidé votre fortune, vous
avez tout réalisé ; il ne vous reste plus rien
en dépôt nulle part ; vous n'avez pas de
situation, pas de famille. Nous sommes
sans garanties.

— Qu'y puis-je ?

— Alors nous allons, tout de suite, nous occuper de vous faire vendre.

— Si vous voulez, je ne m'y opposerai même pas.

— C'est bien ; vous verrez, si dans deux ou trois jours nous ne sommes pas satisfaits. On ne trompe pas son monde comme cela.

— C'est entendu, et prenez toujours cela.

Et il leur tendit tout l'argent en repos sur sa table.

A peine étaient-ils sortis, un coup de feu retentit.

On retrouva, la porte ouverte, le jeune homme, le cœur troué d'une balle, tenant sur ses lèvres blêmes, de sa main libre, un mouchoir de dentelle rehaussé d'une lettre hautainement dessinée : I

X

LE BAIN

Il l'avait beaucoup aimée et s'était senti
très profondément aimé d'elle. De l'un à
l'autre avait très sûrement existé cette réci-
procité grisante, alors même qu'elle demeure latente en ce qu'elle est comme une
sorte de transfusion des âmes se pénétrant
l'une l'autre, s'infiltrant l'une à l'autre,
l'une inoculant l'autre jusque de ses relati-
vités en des replis cachés où le vulgaire ne

saurait pénétrer. Puis, brutalement, on
avait brisé leur union, supprimant leurs
recherches sous des prétextes bourgeois ;
on les avait séparés sans merci, niant la
possibilité de les conjoindre alors que déjà,
instinctivement, ils s'appartenaient en entier.

Lui, car un crissement de fierté, l'orgueil
en saillie, l'avait redressé tout de suite,
surveillant jusqu'au ahennement de son
haleine, inquiet de ne point paraître souf-
frir, fût-ce un tantinet, s'endurcissant sous
le cinglement du coup de fouet, à tous de
répondre si l'on se surprenait de son absence à certaines réunions où il avait accoutumé d'être fidèle pour s'y pelotonner
jalousement auprès de l'aimée : « Il ne me
plaît plus d'y aller, voilà tout, » ce propos
bien enveloppé de froidure et d'attitude
admirablement contenue.

Cependant, pour si vaillant que l'on soit,
l'être humain est pétri de faiblesses en masse
qui, isolément ou en groupement, vous attendent au détour du chemin, vous guettent
au sortir du défilé et vous attaquent soit de
front courageusement, soit avec des souplesses félines et de retorses combinaisons
lâchement par derrière et quand même, si
la comédie éternelle et éternellement jouée
des uns vis-à-vis des autres vous a suffi-
samment grossi les facultés du paraître; en
face de soi, seul, le miroir de l'âme se dressant incontinent face à vous pour vous
obliger à vous y mirer, il faut que les abandons surviennent et les crises renaissent
avec leurs angoisses, leurs halètements de
douleurs, leurs vociférations angoissantes;
et la nature hurle, hurle quand même, puisqu'aussi bien elle fut jetée sur terre pour
principalement se livrer à cet exercice dans

l'inadéquat à ses facultés, à ses destinées
que figurent toutes sociétés, tout groupement uniquement même.

Alors, la souffrance, sans aucun doute,
lui désignant plus proprement ses fins, il
eut une vision très nettement différente de
la conduite à suivre, et le travail de ce chan-
gement rapide de visées s'opéra brusquement en une bataille qui fut une révolte
énervée contre soi-même, dans laquelle il
n'hésita point à s'invectiver violemment,
ne concevant pas qu'un homme digne de
cette appellation consentît à abandonner
aussi aisément ses désirs et ses volontés, à
les briser devant des volontés extérieures,
à se soumettre sans lutte à la merci d'un
ballottement d'opinions ou d'une opinion
générale à laquelle il ne donnait son con-
sentement en aucune façon. Et ce furent
des sarcasmes acérés dont il se brutalisa

comme avec plaisir, se déniant l'énergie,
s'accusant de négation d'être; et les piqûres
que par ainsi il faisait fébrilement à son
amour-propre semblaient lui donner de
l'aise, comme si elles eussent rendu sa respiration moins oppressée sous l'écoulement
nécessaire d'une bile longuement accumu-
lée. Et quel joli monsieur il devait apparaître aux imaginations de l'adorée! Quel
amoureux vrai de toute vérité que cet
homme qui, au premier heurt, se replie
sur soi-même, fait une pirouette en volte-
face et prend la fuite! Carguer les voiles au
premier grain et laisser secouer la carène
au gré des flots en contradiction : quelle
belle preuve de haut amour! Vraiment
c'est à faire pitié, à autoriser le sourire
aux faces des plus poltrons. Et content, dès
lors, d'avoir reconquis son vouloir, comme
inconsciemment, pour l'accroître encore, il

faisait durer avec une joie rageuse ces longues palabres contre le pauvre hère, qui
était lui-même, et qui, en somme, n'avait
que trop souffert à la première secousse si
imprévue et s'était trouvé dérouté, marchant inquiet dans l'incertitude des am-
biances vagues où l'on ne voit luire tout
d'abord le phare qui doit vous aimanter.

Aussi, ce nécessaire outrage à son individu bien écoulé, plus calme, comme la
nature émue se reposant dans une absence
totale de mouvements après le soubresaut
du tremblement de terre, il récupéra ses facultés de pensée, presque comme si le sentiment n'entrait point en ligne de compte ;
il s'ingénia aux moyens utiles à retrouver
sa trace, à se remettre en sa présence, à la
revoir, en somme, pour lui crier à nouveau
que son amour était persistant et demeurait éternel. Des fils conducteurs, il en

découvrit en quantité, leurs relations
communes étant en grand nombre ; mais
cependant l'irréfragable inquiétude, dont la
passion réelle envoûte les cœurs les mieux
trempés, se fit jour sous forme de recherches infinitésimales, de préparations de
gestes et de mots dont il était plus que certain qu'aucuns ne devaient servir, même,
oui ! d'effroi de la première minute de la
nouvelle rencontre ; d'insensées combinaisons de conditionnalités, de milieux, de
juxtapositions de personnes, de conversations préalables, toutes études dont il ne
sortait jamais satisfait, ne pouvant s'arrêter fatalement à une solution ou à un
plan qui lui agréent.

Plus naïvement et plus justement, un
jour de bon propos, il eut l'idée première
de connaître si la famille n'avait point
changé de demeure, et par ainsi il apprit

tout de suite que pour l'instant ils étaient
aux bains de mer. Ce fut comme un étonnement tout d'abord, puis se remémorant
l'époque, sa surprise le fit sourire tant ce
contre-temps était naturel. Il eut une minute d'hésitation, comme ne sachant si
toutes ses décisions n'allaient point refluer
aux fins fonds de lui-même pour s'y ré-
soudre à néant; mais plus sain, remis d'a-
plomb sans doute par une reprise de vitalité, il se sentit comme impulsé vers les
réalisations quand même, vers des besoins
de définitif; et quelques jours après, s'étant
préoccupé de savoir, ce à quoi il aboutit
sans trop de difficulté, la plage où pouvait
s'étourdir celle de l'amour de qui il ne
doutait même pas, il prit le train et partit
à sa conquête, tels les preux d'antan, montant, l'oriflamme déployée et le torse bardé
de fer, à l'assaut de la châtellenie pour y

cueillir les caresses des doux yeux de la châtelaine.

Au lendemain de son arrivée, il la vit s'ébrouer aux flots avec ces spéciales souplesses des corps glorieusement splendides où les courbes parfaites semblent onduler par elles-mêmes; et, si ses regards agrandis d'admiration s'imprégnèrent de sa splendeur où les vagues changeantes faisaient miroiter des tons audacieusement savoureux, accentués encore par les fulgurances d'un soleil éclatant qui moirait d'or fauve la nappe transparente, soudain intimidé il se tint à l'écart, très soucieux de ne point être vu encore, craintif, tremblant presque tout à coup, incertain de la prime revue, attendu que la fatuité de l'homme, pour si considérable qu'elle puisse être, est toujours écrasée quand même par un sentiment fort si celui-ci est vrai.

Et, plusieurs jours il demeura dans cette
anxiété et dans cette nolition de son au-
dace ; puis, une journée errant dans des
bouquets de bois rares qui piquaient de
verdures, agréables comme une surprise, les
environs, il se trouva face à face avec elle,
tandis que, essoufflée d'une course proba-
ble, elle émergeait, les joues en feu, d'une
apparence de fourré. Elle le regarda, chancela presque et pâlit, baissa les yeux, émue
au degré suprême, agita ses doigts autour
de sa toilette par convenance peut-être et
comme sous un charmant souci de coquetterie pour lui. Il lui tendit la main ; elle lui
offrit la sienne à baiser, puis de l'autre doucement, avec tout un désir de ne l'en point
offenser, elle lui fit signe de se retirer, lui
indiquant derrière elle l'approche de sa
famille farouche.

Il se retira l'âme en liesse ; un ravisse-

ment grandiose jetait en son front des empourprements, le cœur battait la charge et
de son être entier s'exhalait comme un
hymne divin de reconnaissance qui semblait aller se perdre en mélopée subtile
dans l'éther bleu à souhait.

Cependant cette apparition fortunée, loin
d'annihiler son besoin de la voir, de la con-
templer, ne fit que lui donner une force nouvelle sous la certitude désormais acquise
d'un accueil à son gré, et les difficultés qui
les environnaient l'exaspérèrent un temps.

Puis, tout d'un coup, il s'avisa que tous
deux nageaient avec une égale perfection,
et dès lors il alla l'attendre tous les jours
au large avec le secret pressentiment qui
ne le trompa point qu'elle y viendrait pour
souventes fois s'y rendre avec une barquette où il la faisait ascendre pour, ensuite, radieux, l'emporter sous le mouvant

des vagues presque jusqu'en pleine mer.
Et, au retour, c'était du bonheur pour lui
jusqu'au jour prochain du recommence-
ment, comme en un renouveau constant;
et elle s'était accoutumée sans trop de gêne
au mensonge fatal, affirmant un marinier
très complaisant pour elle qui lui donnait
un plaisir; et les parents d'accepter facilement sous le désir toujours en éveil de la
distraire d'une pensée dont ils avaient
sondé la perdurée.

Ces promenades se multipliaient depuis
quelque temps; infusant à chaque fois plus
de danger et plus d'imprudence en ces
deux êtres épris au grisement. Et une certaine après-midi, le flot comme moite sous
des chaleurs de plomb tombant en buées
noires du ciel, l'éther comme en fusion
avec des semis de coulées noirâtres pas encore nuageuses mais présageant des orages

prochains, ils s'approchèrent plus fébriles ;
leurs corps subirent en quelque façon des
passes électriques, et leurs lèvres pleines
d'appétences, rouges, désireuses, convoi-
teuses, mouvantes et hors d'elles-mêmes,
militèrent pour s'unir, et lui, d'un mouvement irrépressible, l'enserra en ses bras, la
couvrant de baisers. La barquette lâchée
par la main qui la tenait à proximité, libre,
se mit à capricer inconsciente, aux houles
des flux successifs, et noués l'un à l'autre
ils disparurent en un rien de temps, sub-
mergés par les vagues indifférentes qui se
refermèrent sur eux en linceul brillant, à
peine dérangées.

Peu de jours après, devant les inquié-
tudes qui pleuvaient et l'effarement des
indifférents ameutés, le flux à mer basse
déposa sur le sable mouvant, les y enli-
sant un peu, les deux corps enlacés qui

souriaient très calmes sans une apparente
contraction, comme si la mort s'était intro-
duite en eux sans un effort, sans une résistance.

———————

XI

LA MAISON MYSTÉRIEUSE

C'était dans une bourgade d'importance douteuse, une petite maisonnette finissant le pays bâti, située à l'orée des champs, de la campagne proprement dite, en bordure sur les cultures.

Récemment, c'est-à-dire depuis quelques mois, elle avait été acquise, plutôt chèrement, au dire de la chronique; et l'on n'avait retenu de cette nouvelle que le fait lui-même et un nom qui, pour tous, ne

signifiait rien. De la propriété elle-même
on ne savait que ceci, c'est que tombée,
depuis fort longtemps, par le fait d'un hé-
ritage, entre les mains d'un étranger au
pays, elle avait souvent servi d'abri à des
familles différentes, pendant quelques mois,
aux mois d'été, à des Parisiens probable-
ment, petits bourgeois peu fortunés, besogneux de bon air et qui, faute de plus
riches coins où se reposer, étaient venus
s'abattre là pour se refaire le sang appauvri.

Mais, depuis l'installation du nouveau
propriétaire, toute la bourgade était en
haleine d'intrigues et, sans tarder, la maison en question fit la préoccupation de
toutes les cervelles paysannes, facilement
accrochées à des vétilles et curieuses au
degré gênant. Or, le désir de savoir insatisfait, augmentait d'autant le besoin de se
renseigner et de connaître.

D'abord le nouveau venu n'avait même
point eu souci de visiter les lieux avant de
s'en rendre acquéreur ce qui, comme chacun sait, est de la dernière négligence ; bien
plus, la maison se trouvant à vendre, il
n'avait même pas demandé communication
du plan des charges, etc., comme il avait
été possible d'en être instruit à toute la
cantonade par un bavardage du clerc
de l'étude qui balançait ses panonceaux
sur la grand'place du chef-lieu de canton
voisin. Un ordre formel d'achat, et d'achat
à tout prix, était arrivé un jour à l'étude,
signé d'un nom inconnu au bataillon des
habituels clients, avec, en garantie, des
titres aux porteurs en bonnes valeurs.
Voilà tout. Et l'ordre avait été exécuté
comme il convenait. Un clerc, sur l'invitation expresse qui en avait été faite au no-
taire, s'était même détaché sur Paris, tous

frais payés, pour, puisque la chose était
nécessaire, venir faire signer au client les
papiers exigés par la loi et lui remettre ses
titres de propriété. On ne connaissait donc
même pas la tête du bonhomme aux bu-
reaux de l'étude, on ne savait de lui qu'une
grande générosité que le clerc envoyé avait
glorifiée hautement au point de la rendre
proverbiale : il était, en effet, revenu de
Paris où la régularisation des choses l'avait
retenu quelques jours la face un peu tu-
méfiée d'insomnie, les yeux caves, les traits
tirés, mais la langue toute vibrante des
fraîches lippées et des nocturnes plaisirs
dont l'argent fourni à son gousset lui avait
permis de se rassasier.

Depuis lors l'acquéreur était arrivé dans
le pays et avait pris possession de la maison, mais on n'avait point souvenance de
l'avoir vu entrer, son installation s'étant

faite très rapidement et à l'heure précise où tout le monde est aux champs. Quelques commères du voisinage croyaient bien avoir aperçu un vieillard grand, grand à en être plus grand que nature et droit comme un humain ne peut l'être ; mais la légende qui se formait les rendant inquiètes, elles n'osaient préciser leurs souvenirs. Il y avait bien les gens de la gare, qui avaient transporté malles et meubles, qui parleraient peut-être ; mais le voudraient-ils ? Et puis ils voient passer tant de gens, et puis ces employés quasiment ils sont futés, et le paysan n'aime point plus qu'il ne faut fréquenter avec eux.

En somme, la maison, de petite allure citadine avec ses deux étages munis de fenêtres à volets et sa porte à un battant en bois muni d'un marteau pour entrée, demeurait hermétiquement close. Une

fruitière du pays déposait chaque jour à la
porte, en un panier, du lait, des œufs et
rarement quelque autre chose, si un papier
trouvé la veille, en même temps que l'argent du payement, le lui indiquait; mais,
interrogée, elle ne sut pas trop dire comme
cela s'était fait, sinon que le gars de la
grande Jeanne ou d'Elisabeth la Rousse, à
moins que ce ne fût celui de Jean-Pierre le
Bossu, elle ne savait plus trop lequel était
venu un jour lui apporter le papier de la
première commande et que depuis lors cela
avait continué ainsi et qu'il payait tout
droit très régulièrement.

Devant ce néant de renseignements les
esprits affutiés se mirent à épier. Même que
le conseil municipal en fit un rapport à
M. le maire; car enfin il était de son devoir
de s'enquérir de qui l'on avait chez soi et
que M. le maire, ému, ordonna au garde

champêtre de surveiller tout spécialement les abords de cette mystérieuse demeure.

Mais ce qui fit plus que cette convocation aux autorités pour les inviter à se tenir en éveil, ce fut l'initiative privée d'une curiosité très en haleine, toute pleine d'angoisse. Or, l'on sut bientôt d'abord que les fenêtres restaient allumées toute la nuit ou peu s'en fallait, et que derrière, l'on voyait bouger une grande ombre géante, se grandissant ou se rapetissant à son gré, avec, dans sa promenade fabuleuse, des grands gestes qui n'avaient rien de ceux d'un homme. Bien sûr c'était un revenant ou quelque être spécialement organisé. Non, tout ça c'était louche et l'on conclut que la maison était hantée ou qu'il s'y tramait des choses bien noires. D'ailleurs, on connut en plus bientôt, que chaque jour, très tard dans la nuit, quelque chose comme un grand fantôme tout blanc sortait de la maison, marchant tout droit dans la même direction : celle d'un bouquet de bois, — le petit bois, — situé à un bon kilomètre du village, en descente.

Alors le garde champêtre décida qu'il y allait de son devoir d'intervenir. Il chercha quatre gaillards solides et bien campés qui consentirent à le suivre, la nuit suivante, fourches en main.

Le ciel était pur et clair, avec le clignotement des étoiles et la lune toute en lueurs qui, par places, semblait plaquer des mares d'argent sur les champs. Le silence partout. De temps en temps au loin, un bêlement ou un mugissement, un craquèlement discret de branches sous les baisers de la brise, des tiédeurs exquises partout avec les fortes senteurs de la terre en travail paraissant monter comme en des buées; et puis, dans l'éloignement, à intervalles très espacés, le claquement de fouet d'un routier attardé, ou le grincement des roues qui se répercutait sonore dans la pleine étendue.

A sa sortie, dissimulés derrière les maisons, ils lui laissèrent prendre les devants et le suivirent prudemment à distance, muets, étouffant leurs pas, avec, sous l'épiderme, en frissons, des coulées de frayeurs comme fiévreuses. Arrivée au petit bois, l'ombre en marche parut s'affaler tout à coup sur soi-même et ils ne la virent plus.

Un tremblement parcourut les paysans et leurs dents claquèrent.

— Pressons le pas, dit à voix basse le garde champêtre.

Et tôt ils atteignirent les premières branches qui craquèrent pour ne plus cesser malgré toutes leurs précautions. Bientôt ils virent un grand vieillard tout blanc

de cheveux et de barbe qui, auprès d'une
sorte de mare ovale, se tenait à cropetons
accoudé sur une pierre, l'œil fixé devant
lui, nullement dérangé par leur venue, ne
les soupçonnant même pas.

— Oui, dit-il tout haut. Oh! oui, ma mie,
c'est bien ici, ici même, vos yeux mirant
cette eau, que vous m'avez donné le baiser,
ce baiser qui fut mon éternité, que je con-
sidérai comme un baiser de fiançailles, qui
nous autorisa à nous écrire ; et que vous
avez si vite oublié pour joindre votre cœur
à un autre cœur.

Et sans hâte, sans mouvement violent,
plutôt avec des câlineries de gestes, il sou-
leva la pierre à ses côtés, découvrit ainsi
un grand trou dans lequel, après les avoir
baisés un à un il enfouit des morceaux de
papier.

— Oui, se disait-il, se parlant à soi-même,

eux d'abord pour ne vous point trahir, et
moi après.

Et ce manège terminé, il rentra.

— Eh bien! les gars, s'écria le garde
champêtre, il y a un drame là-dessous.

Au lendemain, en cachemite, avec des
précautions infinies, il alla déterrer quelques-uns de ces papiers qui, par les soins
du maire, avec lettres explicatives à l'ap-
pui, furent transmis au procureur de la
république du ressort.

Après quelques jours, ce dernier répondit laconiquement par une note marginale :
« Insignifiant; lettres d'amour et d'il y a
quarante ans bientôt. »

— Il se gausse de nous, conclut le maire.
On sait ce que l'on sait.

— Oh! oui, fit le garde champêtre.

Et le pays anxieux de l'aventure se mon-
tra fort marri de sa conclusion.

— Je vous défends d'aller par là, fit une belle nuit le garde champêtre pris de hardiesse.

Le vieillard ne répondit même pas, et d'une bourrade écarta le gêneur.

— C'est bien mon bonhomme, lui cria l'autre.

Et le lendemain il l'arrêtait comme s'étant rendu coupable d'outrages envers l'autorité. De son côté, le maire écrivait à nouveau au procureur en lui conseillant d'ailleurs d'user de son autorité pour éviter un malheur, toutes les fourches du pays étant prêtes à se lever contre le misérable.

Et sans résistance aucune de la part du vieillard ahuri aux yeux duquel seulement perlèrent quelques larmes en abandonnant la maisonnette, il fut conduit aux prisons voisines.

L'affaire, ainsi qu'il advient, s'instruisit

lentement; l'homme d'âge très harassé, se ployait de plus en plus, s'affaissant, s'effritant et perdant des forces sous cette nouvelle calamité.

Un jour il ne se leva pas, et précisément le procureur venait à sa cellule, des excuses plein la bouche.

Le hasard d'un fait divers lu par un ami lui avait valu une lettre qui expliquait que le pauvre homme, frappé jeune dans une affection qui l'avait abandonné, n'avait pu se détacher d'un amour sincère, s'y était ancré, en avait fait une idée fixe plus unique avec l'âge et que, la maison acquise par lui était précisément celle dans laquelle, quarante ans auparavant peut-être, il avait connu l'aimée.

Le procureur arriva trop tard à la cellule. Elle était vide d'âme. Dans les papiers recueillis avec un soin tout spécial comme en-

une réhabilitation, on ne découvrit que le
désir de se voir enfouir dans la terre avec
eux et en un lieu bien précisé, près du petit bois, le long de la mare qui stagne là, à
l'endroit où se tient une pierre sous laquelle on découvrira un monceau de
lettres.

Ces volontés furent exécutées. Et depuis
lors les paysans de la contrée ne passent pas
sans terreur auprès de ce petit bois au travers duquel d'aucuns affirment, à la pleine
nuit, sous les clartés de la lune, avoir vu
une grande ombre blanche errer à pas menus.

XII

L'INCENDIE

Ils s'étaient aimés tous les deux avec toutes les ressources et toutes les recherches
d'une passion sans cesse haletante et toujours renouvelée. Des possibilités de s'é-
treindre ils connaissaient jusqu'aux plus
spécieuses formes, et toute la gamme de la
notation amoureuse avait vibré note par
note en leurs deux êtres imprégnés l'un de
l'autre. Et malgré tout, il leur demeurait

en l'être comme des poussées d'inassouvi qui
par instants les inquiétaient, mettant leurs
désirs en haleine de convoitises, leur faisant
demander des au-delà à la nature, les rendant farouchement exigeants, car sans dis-
continuer ils avaient soif l'un de l'autre, se
voulant marbrer de baisers nouveaux sur
les marbrures récentes de baisers à peine
évanouis.

Aussi quelque jour, le spasme anéanti
du dernier enbrassement, ils demeurèrent
inquiets devant un renouvellement de sensations à jamais impossible ; et, convaincus
tout de même qu'il leur demeurait une
coupe à vider ensemble qui les fascinait
dans l'inconnu, la certitude les limitant
quand même aux extases déjà éprouvées,
ils s'interrogèrent anxieux, leurs êtres tout
en souffrance de cet insaisissable qui les
appelait, dont ils voulaient, qu'ils convoi-

taient, vers lequel les poussait l'appétence de toutes leurs fibres toujours en acuité de besoins de s'aimer.

Et, lassés de recherches épuisantes dont ils sortaient l'esprit pareillement infixe, ils conclurent en se chuchotant la chose, lèvres contre lèvres, qu'il n'y avait pour eux d'inexploré que le baiser de la mort dans lequel ils avaient de toute connaissance résolu de s'ensevelir en même temps. Ils en discutèrent d'abord avec effroi, malgré leur très absolue et très sincère volonté commune ; puis, d'en jaser quotidiennement, s'y accoutumèrent sans effarouchements nerveux, pour bientôt enliser leur pensée à cette fatalité extrême comme en un repos.

Mais, auparavant, en guise d'ultime prière l'un à l'autre adressée, d'un mouvement mutuel et des deux parts instan-

tané, ils décidèrent de renover une fois
encore toutes leurs diverses sensations et
pour y bien parvenir, et complètement,
ainsi qu'il était nécessaire, de refaire en
amants les diverses stations de leur route
en la vie, ville par ville, endroit par
endroit, pays par pays, pour s'abandonner avec un peu plus de complaisance
aux édens préférés, aux carrefours les plus
imprégnés de délicieuses souvenances. Et,
de la sorte, rejetés un temps dans la vie,
sans compter ils y prolongèrent leur existence au delà du terme supposé, car de
refaire ces routes bénies comme au prime-
saut des neuves sensations, ils en retrou-
vèrent de toutes fraîches éclosant, fleuries
et radieuses, sous leurs pas en un renouveau
d'aurore à l'amour mutuel qui les liait
irréparablement l'un à l'autre. Et ce furent
des primes carresses qui voletèrent à leur

entour, se cueillant vivement comme en un
vol, des frissons exquis aux simples effleu-
rements, des bercements lancineurs aux
basses causeries d'aveux profonds, tête
contre tête, le front de l'un s'affalant par
moments sur l'épaule de l'autre; des extases
contemplatives et de délicates mutineries
irritant les lèvres en émoi, que les lèvres
attendent et veulent uniquement. Et par
ainsi, ils semblèrent à nouveau repartis
pour un rêve sans arrêt et les mois suc-
cédèrent aux mois sans inquiétude; car ils
ne demandaient plus de stopper en ce
voyage d'éternel sentiment et d'admirable
vibrance d'émoi.

Pourtant, le jour advint où, malgré le
prolongement sans mesure de haltes en
haltes, avec pour seul conducteur la lassitude, ils aboutirent à la dernière étape. Ils
la mesurèrent tout de suite, instinctive-

ment à sa haute valeur et les extases parurent s'y multiplier plus qu'aux autres arrêts
encore, ne parvenant au renoncement, de-
mandant toujours à se reconnaître, à s'ex-
plorer à nouveau plus complètement, plus
délicieusement.

Et comme toute humanité, fût-elle dé-
cuplée aux sentiments et aux sensations
profondes, trouve inexorablement une fin,
ces essaims d'élans, ces coulées d'amour,
stoppèrent un jour devant une limite
d'émoi bien indiscutablement perçue.

Sans regrets, sans marchandages, sans
fallacieux prétextes d'attente, sans même
d'ahènements de crainte, leurs esprits tout
simplement en revinrent à la conclusion
fatale, prévue avant leur pèlerinage ultime,
pour s'y arc-bouter irréparablement.

La seule trêve qui s'imposa à l'exécution
décidée fut remplie par la discussion

des moyens auxquels recourir. Ils répu-
gnaient tous deux aux coups de feu ou
d'armes tranchantes amenant des sangui-
nolements malpropres et des poses d'effroi ;
la strangulation était hideuse dans la hideur
épaisse qu'elle imposait au corps ; l'as-
phyxie dégoûtait pareillement par les tumé-
factions dont elle gonflait les chairs et
stupéfiait les faces, et puis c'était l'expo-
sition fatale, la montre de soi sous des
regards quelconques ; et puis aussi tous
deux, l'un pour l'autre et d'une même
intention, ils étaient inquiets, non seulement de la survivance possible de l'un, par
le fait de secours accourus à temps, mais
encore de la durée inégale de leur souffle
qui, sans contredit, ne les ferait pas voleter
en l'infini des choses à la même minute
précise, ainsi qu'ils le souhaitaient pourtant péremptoirement.

Alors, un certain jour, il l'emmena loin de la ville vers une cabane qu'il avait acquise intentionnellement. Loin de toute habitation, elle se dissimulait sous les frondaisons épaisses d'un bouquet de bois. Bâtie de quatre planches en quelque sorte, elle avait pour parquet le terrain ; mais en quelques jours il avait eu souci de la parer d'épais tapis et de chaudes fourrures ; l'avait embellie de radieux coloris, de fantastiques broderies japonaises, toutes soyeuses et rutilantes, disposant au milieu, sur un amas de coussins, la couche dernière, faite de velours blanc, lamé de broderies d'or. Et là, la dévêtissant toute, il l'étendit splendide de toute la splendeur de sa seule beauté. Il sortit un instant et, se dépouillant à son tour de ses habits, il s'étendit auprès d'elle. Tout à coup, un crépitement craquela autour des boiseries et sembla grésiller dessous la terre.

— Qu'est-ce ? dit-elle.

— C'est l'hymne joyeux de notre dernière nuitée.

Des flammèches bientôt ascendirent aux parois, sous le geignement du bois, passant déjà au travers des murs en languettes félines, courtes, rapides, apparaissant pour disparaître aussitôt, et se marquant en lueurs rouges, en éclairs, au seul petit vitrail d'où la cabane prenait du jour.

— Qu'est-ce ?... dit-elle encore.

— C'est l'illumination grandiose de notre dernière nuitée.

Alors elle comprit et, fiévreuse, plus vibrante, toute donnée par avance, elle l'enlaça de caresses puissantes ! Et le bouquet de bois déjà gagné hurlait sous le vent, ses branches enflammées semblant des cheveux fous, des cheveux de flammes qui couraient dans l'étendue.

Le bois brûla vite, transmettant le feu aux tentures ; ils s'unirent plus intimement encore.

— C'était le seul baiser dernier qui convînt aux nôtres, dit-il ; la conclusion grandiose de notre grand amour ! La flamme ! Et puis, vois-tu, ainsi, tous deux nous périssons sans rémission, nos cendres confondues s'incrustant en la terre.

— Oh oui ! cria-t-elle, et de plus en plus elle le broya de ses baisers transmués en morsures de passion.

Bientôt les flammes les prirent, les enveloppèrent, cuisantes, terribles.

— Sois courageuse, clama-t-il.

— Je le serai.

Et hurlant de douleurs, brûlés, sur la couche d'où les flammes sortaient hardies, ils se pétrissaient d'embrassements, trouvant de ce fait diversion aux souffrances inimaginées ; et déjà, la mort dans les yeux, exténués, hors de vie.

— Oh ! cria-t-elle, c'est bien, c'était bien la dernière sensation qu'il nous fallût. Tiens-moi étroitement serrée.

Et ce fut tout. Car des hurlements seuls partirent encore de leurs êtres qui se convulsionnaient, se tordant l'un à l'entour de l'autre, ne gardant plus que l'instinct de ne point se désunir. Tandis que les flammes, ayant tout pétri sous leurs brûlures engloutissantes, montaient droites vers les cieux, tout en s'enchevêtrant aux branchages qui grinçaient, se désagrégeant sous le feu et jetés par le vent dans l'étendue.

Des rumeurs déchirèrent toute l'étendue et des mouvements nombreux firent réson-

ner le sol, tandis que des mares d'eau tom-
baient bouillantes avant de toucher au sol
et que des bruits de haches ahanaient tout
à l'entour.

Mais quand on vint au lieu du sinistre,
il n'y avait plus qu'un amas de cendres
bouillantes, d'où montait aux narines la
forte senteur spéciale des os calcinés.

XIII

CONSCIENCE

C'était aux temps lointains déjà où le mariage n'avait point encore pris l'apparence d'un rapt.

En une bonne famille bourgeoise, d'où, de toutes parts, suintait la grasse aisance, des groupes nombreux oscillaient, parés à l'envi à effet, quelques-uns joliment ainsi qu'il convient, d'autres plus spécialement avec mauvais goût, tendant à être vus plus

qu'à charmer, s'empanachant curieusement
de grotesques falbalas, de reluisants coloris, ou bien de houppes réjouissantes po-
sées sur la tête comme un encapuchonne-
ment de chevaux en parade.

C'était jour de noce en la maison que la
fille allait quitter au bras d'un mari habilement choisi, avec précaution et réflexion
par la famille, présentant une belle position
mondaine, doublée d'un avenir certain,
avec, dans un lointain n'apparaissant pas
comme trop reculé, de ces bonnes et solides
espérances qui font la joie des parents sages
ayant la dextérité de doigté utile à bien caser
leurs enfants. La jeune fille, élevée en ce
milieu où le calme des sens et de l'ima-
gination était prisé à l'égal d'une haute
doctrine, était dressée à une obéissance passive qui la faisait très complaisante aux façons de juger de ses procréateurs, et, con-

sultée pour la forme sur le sentiment que
lui produisait le futur mûrement choisi à
son intention dans le silence de la chambre
à coucher, en dehors d'elle, si elle s'était
bien hasardée, quoiqu'en chevrotant, à avancer : « Mais je ne l'aime pas ! » on lui avait
répondu par le mot banal d'usage : « Tu
l'aimeras plus tard. » Et sa résistance s'était
immédiatement anéantie, tandis que les
notaires, prévenus sans retard, dressaient
sur papier timbré les actes d'apports res-
pectifs qui devaient se confondre en un tout
propret, et que la mairie préparait l'acte définitif qui joignait deux existences en même
temps que deux fortunes.

A qui s'y montrerait le plus assidu, les
dames, amies de la maison, et leurs demoiselles, élevées aux côtés de la mariée, se
précipitaient vers elle, l'attitude cajoleuse,
les yeux pétillants de compliments, la lèvre

tout en baisers ; et les prédictions de bonheur ainsi que les souhaits dudit se pres-
saient rapides les uns sur les pas des autres, entrecoupés simplement par de gros
bons baisers dont beaucoup claquaient haut
et ferme : « Que vous êtes jolie, ma pou-
lette !... Ah ! le monstre, comme il doit être
heureux ! » Et si, d'aventure, le marié se
trouvait auprès de sa moitié d'une heure,
lourdaud, court sur jambes, simple et bon
enfant, il épanouissait sa face d'un rire satisfait de superbe béatitude.

Et, pour écouler les heures, on renou-
velait, à temps espacés, les compliments,
ainsi qu'on eût fait de consommations, attendu que toute la foule en toilette devait
demeurer à dîner en cette maison, puis,
ensuite, y tressauter en des danses multiples ainsi qu'il convient pour, à un mé-
nage nouveau, ouvrir la vie en images sou-

riantes. Et la demeure, façonnée au mieux
qu'il avait été possible, sans trop d'aide
venue de l'extérieur, si ce n'est sous forme
de quelques plantes vertes louées au fleu-
riste voisin, drapée à l'aide d'étoffes qu'on
avait sous la main, élargie par le fait de
portes provisoirement enlevées, et par la
retraite vers un grenier des gros meubles,
tout cela par un travail auquel l'on comprenait que toute la famille avait aidé, attendait l'éclairement des lustres d'emprunt
aux bobèches rosâtres et bleuâtres, et le
dîner bon conseiller de gauloiseries comme
bon conducteur de saines plaisanteries,
pour sortir un peu d'une torpeur banale
qui commençait à gagner dans le jour tombant petit à petit en grisaille.

Le lieu était une petite maisonnette en
retrait dans un faubourg de Paris. Un rez-
de-chaussée de plain-pied avec le terrain.

Deux petits étages auxquels conduisait seul un petit escalier étroit permettant à une seule personne de passer de front, et tout autour, un assez grand jardin assez embroussaillé jouissant de vrais arbres sortis en pleine terre, avec par devant, en coquetterie, un affreux petit parterre de fleurs meurtries en dessins de jardin anglais.

Les hommes, bientôt, s'enhardirent à allumer des cigares et se répandirent en plein air pour respirer un brin. Le marié les y encouragea, donnant l'exemple et conduisant des groupes alternativement d'un point à un autre, expliquant telle plantation, nommant tel arbre, devisant comme d'une sienne propriété de la propriété de ses beaux-parents, cependant que les femmes, demeurées à l'intérieur, par crainte d'un rhume, malgré la température, dans

leur décolletage, redonnaient un peu de
bouffant aux jupes trop comprimées, rajus-
taient un ruban, repiquaient une épingle,
pouffaient du bout des doigts la chevelure,
se remettaient en beauté.

La jeune mariée, tout d'un coup, et avant
qu'il n'eût pu s'échapper, s'adressant à son
premier garçon d'honneur, lui dit : — « Of-
frez-moi votre bras, voulez-vous? J'ai besoin de bouger un peu. » Une tante qui
remplaçait la mère occupée aux prépara-
tifs du repas nuptial fit sévèrement : —
« Voyons, bichette, laisse-le tranquille, ce
garçon ; qu'il aille causer à son aise avec
ces messieurs. » Pour toute réponse, le
garçon d'honneur en question offrit galam-
ment son bras à l'épousée, sa taille svelte
et élancée légèrement infléchie, non sans
avoir au préalable tapoté sa coiffure de
bellâtre accoutumé à être trouvé bien à

cause d'une jolie tête banale de devanture
de perruquier.

Et le couple de long en large se promena
de pièces en pièces assez longuement sous
le regard de tous, conservant un mutisme
absolu, la jeune femme, les deux mains
croisées sur le bras auquel elle s'appuyait,
paraissant s'abandonner nonchalamment,
la pensée comme partie en un rêve. A ce
moment, près de la porte ouvrant sur le
jardin, elle poussa son cavalier.

— Tu vas prendre froid, cria la tante.

— Non.

Et ils traversèrent les groupes d'hommes,
sans hâte, parvenant ainsi auprès du mari
par hasard qui, jovial, tout en gaieté, la
face pleine d'heureuse bonhomie, dit :

— Ah ! mon gaillard, avec ma femme !
Aujourd'hui, c'est bon. Mais demain, ce
droit n'appartiendra plus qu'à moi seul.

Et le groupe poursuivit sa route. La nuit
était venue. On marchait dans les ténèbres
d'une soirée sans lune, les feux des cigares
piquait seuls, en étoiles, les ombres du
jardin.

Tous deux rentrèrent par une porte de
côté et, comme sans y réfléchir, montèrent
l'escalier, la femme à chaque marche plus
pesante sur le bras qui la soutenait. Au
premier s'ouvrait une pièce peu large où,
au milieu d'un entassement de paletots, de
châles et de sorties de bal, restait libre un
canapé. Affaissée sur elle-même, l'épousée
s'assit, s'exclamant :

— Je suis très lasse.

— Reposez-vous un peu, vous avez le
temps avant dîner.

— C'est cela, laissez-moi.

— Oh ! que non pas.

— Alors, asseyez-vous aussi.

Et il prit place près d'elle.

— Vous êtes heureuse de vous marier.

— Moi, pourquoi?

— Je croyais.

— Oh! ni oui, ni non. Je ne connais pas ce monsieur.

— C'est vrai... mais il ne faut pas entrer avec des idées pareilles dans votre vie nouvelle.

Un sanglot répondit seul à ces bons conseils.

Câlinement le jeune homme prit alors la femme dans ses bras et, fondante pour ainsi parler sous cet enveloppement, il la sentit se pelotonner sur lui à marquer sa forme sur sa chair. Un flot de passion lui sauta au cerveau, l'affolant et, brutalement, il l'embrassa.

Elle ne recula pas, mais tout au contraire pesa plus violemment de toute sa

personne contre lui. Alors, désorbité, le
jeune homme l'enlaça toute et, dans le noir
de la chambre où toute vision sommeillait,
se rua sur elle impétueusement.

L'acte furieux accompli, dans l'accalmie
des sens apaisés, il fut pris de terreur de
son acte et, en un hoquet douloureux :

— Vous ne m'en voulez pas ?

— Pourquoi ?

— Mais ?!...

— Je suis bien heureuse, puisque c'est
vous seul qui m'aurez eue.

Il blêmit, inconsciemment troublé.

— L'heure doit s'avancer, ajouta-t-elle ;
montez vite à l'étage au-dessus. Je veux
rester seule.

Comme machinalement, il obéit.

Au bas de l'escalier, plusieurs hommes,
parmi lesquels le marié, hurlaient tous en
chœur, avec des joies dans les notes :

— La mariée ! la mariée ! la mariée !

Elle descendit.

Le dîner et la soirée se passèrent; elle
un peu pâlotte, comme on disait autour
d'elle; mais en riant, on chuchotait : l'é-
motion de l'inconnu.

Vint l'heure sacrée de la solitude à deux,
la minute bénie du premier effleurement
des caresses permises. Doucement, sans
heurt, elle repoussa l'époux, avec plus d'habileté, plus de compréhension qu'il n'eût
fallu, et obéissant par ainsi à une connaissance des choses qui eût pu donner l'éveil
d'une situation anormale à un esprit plus
inquiet, plus chagrin, perspicace et dou-
teux à la fois. Mais lui, très simple, tout
à son bonheur de la posséder pour toujours, d'avoir fait un bon et solide mariage,
voyant l'heure avancée, spéculant les fatigues de la journée, s'expliqua fort aisé-

ment qu'elle se déclarât lasse, et s'endormit
d'un bon somme satisfait.

Elle, malgré des volontés bien précises,
ne put, au contraire, s'alanguir au sommeil, que tout de suite elle désira comme
un moment où l'on se noie à l'oubli. Et,
peu à peu, dans les ténèbres de la nuit elle
eut comme des visions fantomatiques, gri-
maçantes devant elle, la conscience de sa
faute gravitant en sa cervelle troublée.
Anxieuse, la peur la prit, elle claqua des
dents et faillit crier; elle s'apeura plus encore de son cri, songeant à une demande
d'explication, et elle alluma vivement pour
sortir du domaine du songe. A la lumière,
ses idées se refroidirent quelque peu, mais
ce furent d'épouvantables réflexions gla-
cées qui lui meurtrirent l'âme et l'exacer-
bèrent plus encore. Elle se vit damnée,
marquée au front, rejetée de la société,

hors la loi, les principes de son éducation
solidement quelconques répercutant tous
ces crimes en son être.

Quelque chose comme un coup de folie,
sous les nerfs en trépidation, l'envahit
bientôt, et elle ne put demeurer étendue,
un besoin fatal de mouvement gravitant en
tout son moi. La meute déchaînée des effrois
ne se calma pas davantage et secoua sa
gorge qu'elle étreignit, tandis que les gestes
se développaient nombreux et saccadés. Un
stylet se trouva sous ses doigts incontinent.
Elle le regarda anxieusement, et, dans la fixité
que prit sa vision énervée devant cette chose
qui brillait, la captant au point qu'elle ne
s'en put détacher, elle se persuada qu'une
force invisible lui dictait un sûr devoir.

Dans un effort de tous ses nerfs surexcités,
elle se frappa, tombant lourdement ensuite
sur le parquet.

Dans la famille de sens rassis et d'atavisme pénétré de tranquilles doctrines, c'est encore un effarement que cette mort, devant laquelle on s'interroge toujours, dans l'épouvante de l'incompréhensible, de l'insaisissable, de l'inexplicable.

TABLE DES MATIÈRES

ÉMILE COLIN — IMPRIMERIE DE LAGNY.

AUTEURS CÉLÈBRES
à 60 centimes le volume.
En jolie reliure spéciale à la collection 1 fr. le volume.
Envoi franco contre mandat ou timbres-poste.
CHAQUE OUVRAGE EST COMPLET EN UN VOLUME

AVIS DE L'ÉDITEUR

Le but de la collection des *Auteurs célèbres*, à **60** *centimes* le volume, est de mettre entre toutes les mains de bonnes éditions des meilleurs écrivains modernes et contemporains.

Sous un format commode et pouvant en même temps tenir une belle place dans toute bibliothèque, il paraît chaque quinzaine un volume.

CHAQUE OUVRAGE EST COMPLET EN UN VOLUME

En jolie reliure spéciale à la collection, 1 fr. le vo

(ENVOI FRANCO CONTRE MANDAT OU TIMBRE

PARIS. — IMPRIMERIE E. FLAMMARION, RUE RACINE, 2

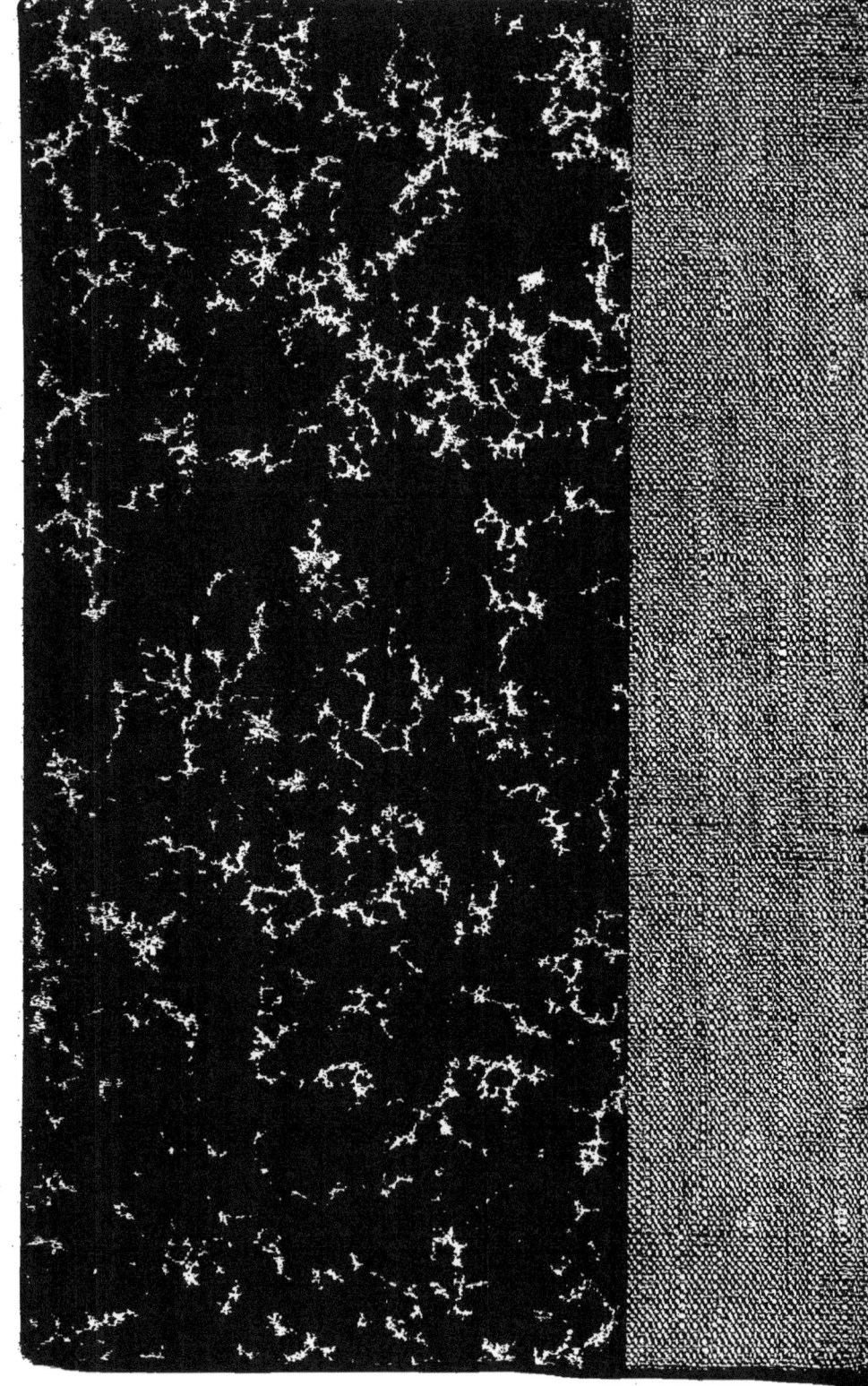

www.ingramcontent.com/pod-product-compliance
Lightning Source LLC
Chambersburg PA
CBHW070456030726
47503CB00004B/1062